AF220715

Es ist Hochsommer. Ganz Meisenwald ächzt unter der Hitze. Auch Pfridolin, bekennendes Freizeitpferd und Hobbydetektiv, und sein Kumpel Faxe leiden darunter. Noch mehr aber unter den Fliegen, die in der Sommerzeit die ständigen Begleiter von Ross und Reiter sind. Da kommt ihnen ein zünftiger Mord ganz gelegen, lenkt er sie doch von den Unannehmlichkeiten der warmen Witterung ab. Dr. Stephan Schönholz, der gutaussehende Tierarzt und Frauenheld, wird nämlich tot auf dem Parkplatz des Petershofs gefunden.

Während Pfridolins sogenannte Besitzerin von ihrem Chef dazu vergattert wird, das alljährliche Feuerwehrfest zu organisieren, stellen er und Freund Faxe auf die ihnen eigene Art Ermittlungen an. Da man bekanntlich den Pferden das Denken überlassen soll, weil die den größeren Kopf haben, wundert es schließlich niemanden, dass sie den Mord aufklären und so ganz nebenbei für ein bisschen mehr Romantik in (fast) jedem Leben sorgen.

„Dieses Buch hat mein Leben verändert."

Faxe

„Meisterdetektiv Pfridolin hat alles im Griff. Der Fast-Hengst mit dem Körper eines Sherlock Holmes und dem messerscharfen Intellekt von James Bond. Oder umgekehrt."

Pfridolin

Pfridolin Pferd

Tödlicher Tierarzttermin

Ein Pferdekrimi

Bibliografische Information der Deutschen Nationalbibliothek:

Die Deutsche Nationalbibliothek verzeichnet diese Publikation in der Deutschen Nationalbibliografie; detaillierte bibliografische Daten sind im Internet über http://dnb.dnb.de abrufbar.

© 2018 Pfridolin Pferd

Herstellung und Verlag: BoD – Books on Demand, Norderstedt

ISBN: 978-3-7528-1684-6

Für alle, die immer gefragt haben: „Wann kommt denn das nächste Buch?"

Alle Rezepte in diesem Buch werden auf eigene Gefahr angerührt und verwendet. Bitte prüft die Verträglichkeit von Fliegensprays zuerst an einer kleinen unempfindlichen Stelle. Manche Pferde reagieren allergisch oder empfindlich auf die verwendeten Zutaten, so dass das Fliegenspray nicht angewendet werden kann. Mischungen mit ätherischen Ölen können durch Reibung Hitze erzeugen, also bitte nicht vor dem Reiten auf Sattel- und Gurtlage verwenden! Auch die anderen Rezepte sind mit Vorsicht zu genießen - für Gelingen, Geschmack und so weiter wird keine Haftung übernommen!

1. Kapitel, in dem eine schreiende Frau, Martinshörner, ein lispelnder Spanier, Fliegen und ein Feuerwehrfest vorkommen

Die fremde Frau schrie und schrie. Sie war gar nicht mehr zu beruhigen.

„Das nennt man Schreikrampf", erklärte mein Boxennachbar Faxe. „Und das Weinkrampf", als sich die Tonlage änderte. Dann gingen die Martinshörner von Polizei und Krankenwagen los. Eine Menge Leute rannte in unsere Stallgasse. Alle redeten durcheinander.

Dabei hatte der Tag so harmlos begonnen. Mit dem morgendlichen Gang zur Waldweide nämlich. Leider führt der Weg am Misthaufen vorbei, zu dem ich ein ganz besonderes Verhältnis habe.

„Guck mal da. Ist das etwa Blut?" Argwöhnisch starrte ich den Misthaufen an. „Uäh, ich glaube, ich muss kotzen."

„Stell dich nicht so an. Pferde können nicht kotzen", muffelte Faxe und schubste mich mit der Schulter. „Das ist nur der Rest von John-Boys Rote-Bete-Pampe, der da drin entsorgt wurde."

Sergej, der neue Stallhelfer, hatte uns beide am Strick. Faxe war so ausgehungert, wie es nur ein Tinker sein kann, der sich schon die halbe Nacht auf frisches Gras freut, und zerrte Sergej voll freudiger Erwartung hinter sich her. Ich warf zeitgleich den Erdanker, weil der

Misthaufen ausgesprochen unheimlich aussah. In der Mitte Sergej, dessen Arme immer länger wurden.

Skeptisch beäugte ich das Corpus Delicti. Seit unserem letzten Erlebnis mit dem Misthaufen[1] habe ich immer ein wachsames Ermittlerauge auf ihn. Nicht auf Sergej. Nein, auf den Misthaufen natürlich. Faxes und meine Detektivkarriere hatte dort begonnen, und ich fühlte mich ganz wohl in meiner Rolle als gutaussehender Actionheld mit literarischer Ader. Ein wenig Berechnung ist natürlich auch dabei, denn wie sich herausgestellt hat, mögen Frauen diese Kombi.

Ich bin übrigens Pfridolin. Neben meiner kriminalistischen Tätigkeit bin ich Freizeitpferd, aber mit Betonung auf Freizeit. Außerdem auch noch Frauchenretter, das aber meist gegen den Willen meiner Besitzerin. Die heißt Dana, aber ich nenne sie die Frau, weil sie mir meist eh nicht zuhört und mich außerdem oft an der freien Entfaltung meiner Persönlichkeit hindert, und da ist es dann auch egal.

Faxe und Sergej drängten zum Aufbruch. *(Faxe: „Gras! Gras!")* Faxe, der fast schwarze Tinker, ist mein bester Kumpel und darf mir bei meinen Ermittlungen assistieren, auch wenn er das bisweilen eigenwillig interpretiert. Es war Hochsommer und sowas von heiß, das kann man sich gar nicht vorstellen. Ich guckte trotzdem den roten Fleck im Mist an. Einmal Ermittler, immer Ermittler. Ich hatte das schon ganz gut drauf.

---

1 Pfridolin Pferd, *Tod im Misthaufen*

„Guck mal, auf dem Parkplatz steht das Auto vom Tierarzt. Lass uns lieber schnell weitergehen!", schlug Faxe nun vor.

Huch. Ich änderte spontan meine Ansichten übers Stehenbleiben und Ermitteln, vor allem, weil der Tierarzt gerade ausstieg. Seine Tasche stand schon auf dem Kiesboden des Parkplatzes. Sergej nahm meinen merklich flotteren Schritt überrascht, aber dankbar zur Kenntnis. Seine hängenden Schultern und der gottergebene Blick sagten mir, dass er es schon lange aufgegeben hatte, sich über irgendwas zu wundern. Ich fand das sehr philosophisch.

Links ging es zu den Stallweiden, wir aber wollten geradeaus in den Wald. Im Sommer sind wir nämlich immer auf den Waldweiden, weil es da schön schattig ist und kaum Insekten gibt. Für Oleg und Sergej ist das schade, weil sie so viel laufen müssen, aber hey, Bewegung ist gesund. Das behaupten Faxes und meine Besitzerin jedenfalls immer, wenn sie aus ihren Autos aussteigen.

„Krrrriegst du jetßt eigentlißß einen Weßterrrrnßattel?" Wir fingen gerade mit dem zweiten Frühstück an, als auch schon Companero und Konrad eintrudelten und quasi zeitgleich damit anfingen, uns auf den Geist zu gehen. Nerven und lispeln kann Companero gut. Konrad kann nur nerven, aber das hervorragend.

Companero ist ein Spanier mit Wallemähne, der sich unwiderstehlich fühlt und gern einen auf dicke Hose macht. Außerdem ist er mein ehemaliger Boxennachbar. Seit er seine Box mit Else getauscht hat, wohnt er neben

Blacky, dem weißen Minishetty, und pflegt dort seinen Größenwahn sowie den pseudospanischen Akzent. In Wirklichkeit kommt er nämlich aus Gelsenkirchen. Faxe nennt das Gelsenkirchener Barock, aber ich glaube, er denkt sich solche Ausdrücke nur aus.

„So ein Quatsch, wie kommst du denn darauf?"

„Konrrrad hat eß geßagt." Companero wies mit dem Kopf auf seinen muskulösen Kumpel, der uns dümmlich anlächelte. In seinen Augen glomm ein Funke des Wiedererkennens.

„Konrad." Ich schnob verächtlich. Als ob unser selbsternannter Dressurcrack irgendeine Ahnung von irgendwas hätte. Als Sportpferd ist er viel auf Turnieren unterwegs und gibt danach immer an wie ein Sack voll Flöhe. Ich glaube ja, dass seine monumentale Verpeiltheit der Grund für seine Turniererfolge ist. Wer so wenig wie er von seiner Umwelt mitkriegt, kann ungestört die Turnübungen im Dressurviereck absolvieren. Man darf ihn aber um Himmels willen nicht darauf ansprechen, dann erzählt er einem nämlich so haarsträubende Lügengeschichten, dass Totilas und Valegro neben ihm wie Waisenknaben aussehen.

„Fury!", begrüßte mich der Angeber, der anscheinend in Gedanken die Dressuraufgabe des nächsten Turniers noch einmal durchging. Trippel, trippel. „Mein Freund, das Westernpferd!"

Ssiehßt du, sagte Companeros Blick.

„So ein Blödsinn. Wieso soll ich denn ein Westernpferd werden? Oder einen Westernsattel bekommen?"

„Weil ßich Dana neuerrrdingß ßo ßehrrr fürrrß Weß-terrrrrnrrreiten interrrreßßierrt."

„Die Frau interessiert sich für viel. Meistens lässt das nach einer Viertelstunde nach. Du hast da übrigens 'ne Bremse auf dem Rücken."

„Vielleißt." Das bezog sich anscheinend auf die Bremse. „Iß weiß nißt. Sssie guckt immerrr beim Rrr-reitunterrrricht von Felikß zu. Bei derrrr Westerrrntrrrrai-nerrrin."

„Ach Gottchen. Das ist doch nur, weil sie Felix toll findet und sich von ihm den Widerrist beknabbern lassen will." Ich kenn mich mit sowas aus, wir Pferde machen das nämlich so, wenn wir uns mögen. „In Wirklichkeit träumt sie von Piaffe und Passage. Glaub' mir, ich kenne sie. Nicht vom Westernreiten. Das ist nämlich total schwierig, weil man da ganz viel aus dem Sitz heraus machen muss. Schließlich hängen die Zügel immer durch. Dafür ist sie viel zu ungeschickt. Nachher tut sie sich noch weh."

Mit dem Reiten kenne ich mich übrigens auch aus.

„Sssie hat ßich eingehend errrrkundigt. Daß ßah mirrr nißt nach vorrrüberrrgehendem Interrrrreßße auß."

Soviel Mähne und so wenige Gehirnzellen. Ich vermute da einen Zusammenhang. Außerdem hat Companero ein erstaunliches Talent dafür, die Wörter mit den meisten Rs und Ss zu finden. Ich putzte mir das Gesicht im Gras ab.

„Ich glaube das trotzdem nicht. Faxe sagt, die Sättel sind zentnerschwer. Dafür ist die Frau viel zu bequem", erwiderte ich, Faxe gegen seinen Willen ins Gespräch mit einbeziehend. Während der Mahlzeiten angesprochen zu werden ist so ziemlich das Schlimmste, was einem Tinker passieren kann.

„Peppy wird es sicherlich gefallen, wenn du Western-pferd wirst. Dann fühlt sie sich nicht mehr so unverstan-den." Konrad nun wieder.

„Finger weg von Peppy. Die hat alles, was sie braucht – nämlich mich!" Faxe legte die Ohren an. Wenn es um seine Freundin geht, versteht er keinen Spaß.

„Mir hat sie neulich was anderes gesagt", äußerte Konrad.

Konrads Glück ist es, so groß und stark zu sein. Und mein Pech ist es, dass ich nicht in die Zukunft gucken kann. Wenn ich nämlich gewusst hätte, zu was für Ver-wicklungen es kommen würde, wäre ich auf Faxes Vor-schlag eingegangen „den Vollpfosten, der so über mich und meine Freundin spricht, fertigzumachen", anstelle mich mit einem bangen „Mimimi" davon zu distanzieren. Aber es kam so, wie es kommen musste. Ich hatte kei-ne Lust auf Klopperei und das Verhängnis nahm seinen Lauf.

In Form von Peppy's Little Love nämlich, Faxes Freundin, die eine wahre Augenweide ist, wenn auch mit Temperament und Zickigkeit für drei ausgestattet.

„Wer fühlt sich hier unverstanden?", rief sie von der Stutenweide herüber. Praktischerweise grasen nämlich nicht nur wir Fast-Hengste, sondern auch die Stuten und die Schulpferde im Sommer auf den schattigen Waldweiden, so dass wir nicht auf die gewohnten Gespräche über den Koppelzaun hinweg verzichten müssen. Da ich nach einer endlosen frisurbedingten Durststrecke mit einem Mal anscheinend gleich zwei Freundinnen hatte, nämlich die gewaltige Else und die sanfte, zierliche Stuti, war das zwar einerseits ganz schön, aber manchmal auch ganz schön anstrengend.

Und da stand sie nun am Weidezaun – Peppy's Little Love, kurz Peppy genannt, die kurvenreiche Quarter Horse-Stute. Wir alle waren in sie verliebt, aber aus irgendeinem unerfindlichen Grund hatte sich ausgerechnet für Faxe entschieden.

„Wer fühlt sich hier unverstanden?", fragte Peppy noch einmal.

„Häääää?", machten wir alle. Man kann ja von uns Fast-Hengsten sagen, was man will, aber wir haben einen großartigen Sinn für Humor. Nicht wie die Stuten, die immer so langweilig ernsthaft sind.

„Armseliger Wallachhumor", befand Lisette, die Leitstute, die uns kritisch musterte, um herauszufinden, wer heute den größten Clown gefrühstückt hatte und somit die meiste Überwachung benötigte.

Peppy guckte irritiert und wiederholte ihre Frage, diesmal etwas lauter. Das brachte sie aber auch nicht weiter, denn jetzt polterte Else heran: „Was ist denn hier los? Dauernd wird man beim Essen gestört. Das ist doch kein Benehmen einer Dame gegenüber."

Soso, eine Dame ist sie. Beim Essen haut sie trotzdem rein wie ein Schaufelbagger. Und wenn sie sich bewegt, bebt die Erde. Wenn ich es mir recht überlege, haben sie und Faxe vieles gemeinsam. Aber jemand mit meinem Frisurenproblem kann es sich nicht leisten, wählerisch zu sein, und deshalb war ich froh, dass mich die große, kräftige Stute in ihr Herz geschlossen hatte. Ich verkniff mir auch fast alle Anspielungen auf ihre umfangreiche Figur oder ihre Verfressenheit, und das hatte nur zum Teil damit zu tun, dass Else verdammt schnell war und viele Zähne hatte.

„Die Wallache reden wieder dummes Zeug", erklärte Peppy, zu Else gewandt.

„Aber sie sehen niedlich aus dabei", fand Else, deren Gedankengänge ich meist nicht nachvollziehen konnte.

„Besonders der kleine Dicke mit der schiefen Mähne", kicherte Peppy.

Moment mal – sie meinte mich! Die schärfste Schnecke im Stall stand auf mich! Wow. Sicherlich durfte man ihre Worte nicht auf die Goldwaage legen und musste sie manchmal auch einfach ignorieren, aber dafür sah sie einfach bombastisch gut aus. Und sie hatte mich gemeint. MICH!

Else guckte kritisch: „Die Frisur ist tatsächlich ganz schön furchtbar, aber das rosa Halfter reißt das wieder raus."

„Aber die Fliegenmaske mit den aufgemalten Augen ist jetzt nicht so der Burner, oder?"

„Ich finde die irgendwie niedlich."

Elses Zuneigung zu mir war anscheinend unzerstörbar, obwohl irgendwie immer der mütterliche Aspekt im Vordergrund stand. Ich hätte mir ja in unserer Beziehung etwas mehr Romantik gewünscht, aber aus den bereits bekannten Gründen hielt ich den Ball flach.

Die Frau hatte es mal wieder gut mit mir gemeint und mich mit einer neuen Fliegenmaske ausstaffiert. Fliegen sind ganz grässliche Tiere, die nur auf der Welt sind, um Pferde zu belästigen und in Schwärmen um ihre Augen herum zu krabbeln. Das Einzige, was dagegen hilft, ist eine Ganzkörperschlammmaske und ein guter Kumpel, der einem die Viecher mit dem Schweif aus dem Gesicht wedelt.

Da die Frau auch in dieser Hinsicht Defizite aufweist, hatte sie stattdessen tief in die Trickkiste gegriffen und mir eine extrem unattraktive bauschige Fliegenmaske mit aufgemalten Augen gekauft. Die anderen trugen verschiedene Variationen von Fransenstirnbändern und Fliegenmasken mit und ohne Ohrenteil, manche auch mit einem Extralappen unten dran als Nüsternschutz. Als ich das das erste Mal gesehen habe, habe ich mich schon ein bisschen erschrocken. Bis ich schließlich Konrad erkannte, der sehr froh über das Aufsehen war, das er mit seinem uneleganten Outfit erzielte.

„Fast wie bei der Siegerehrung", nuschelte er, als wir im wilden Galopp über die Weide fegten. Alle außer Faxe, der sich darüber beschwerte, dass wir ihm durchs Essen laufen.

Kurz gesagt: Dieses ganze Fliegenmasken-Ding ist eine zutiefst unwürdige Veranstaltung. Der einzige Grund, warum ich diese scheußlich uncoole Fliegenmaske mit den aufgemalten Glotzaugen noch trug, war der, dass ich sie einfach nicht ausziehen und zerstören konnte.

Und glaubt mir, ich habe es versucht. Zuerst hat mir die Frau ja nur Fliegenfransen ans Halfter gehängt, farblich fein auf den jeweiligen Rosaton meines Halfters abgestimmt. Weil ich ja bekanntlich gegen Rosa allergisch bin und sowieso gegen alles, was mir vor den Augen rumbaumelt, hab ich mir immer fix Halfter samt Fransen ausgezogen, was die Frau irgendwann spitzgekriegt hat. Ich frage mich allerdings, wie sie das herausgefunden hat. Schließlich ist sie nicht die Allerhellste.

Tja, und dann kamen Fliegenmasken, die man sich nicht einfach so über die bezaubernden Puschelöhrchen streifen konnte, sondern wo man schon seinen Namen tanzen musste, um sie loszuwerden. Aber ich habe auch das geschafft, worauf die Frau weder rastete noch ruhte, bis sie mir die ultimative Glotzaugen-Fliegenmaske verpasst hatte. Sie machte beim Anprobieren einen ziemlich humorlosen Eindruck und ich glaube, sie war kurz davor, das Ding mit Sekundenkleber an mir festzupappen.

Frauen, ne. Bezaubernde, wenn auch neurotische Blumen im Garten der Natur. So nennt sie jedenfalls Faxe, wenn er seine philosophischen fünf Minuten hat, und wer will ihm da widersprechen.

Peppy und Else standen übrigens immer noch am Zaun und unterhielten sich über mich.

„Ihr wisst aber schon, dass ich euch hören kann, oder?", fragte ich.

„Huch – es spricht!", kreischte Peppy albern.

„Schätzelein, ich bin ein Fast-Hengst. Willst du mal meine Muckis fühlen?", erwiderte ich und machte einen dicken Hals, was ich mit männlichem Quieken und Nach-vorn-heraus-treten begleitete.

„Ist er nicht süß?", meinte Else.

„Ich mag ja lieber richtige Männer mit langer Mähne", zierte sich Peppy, die sich sicher nur interessant machen wollte.

„Ich kann euch immer noch hören. Peppylein, du weißt ja gar nicht, was dir bisher entgangen ist. Guck mal, hier. Und hier!", tänzelte ich herum.

„Mit der lustig kurzen Mähne sieht man die Halsmuskulatur besser. Die nicht vorhandenen Bauchmuskeln übrigens auch ", urteilte Peppy.

Geplänkel, weiter nichts. Sie war meinem persönlichen Magnetismus längst erlegen und konnte den Blick nicht mehr von mir wenden. Ich konnte sie verstehen: Wenn man mit einem Tinker zusammen ist, ist man nicht verwöhnt, und Faxe kann mir weder intellektuell noch optisch das Wasser reichen.

Er ist zwar mein bester Freund, aber das hat auch damit zu tun, dass ich einen guten Mitarbeiter für meine Privatdetektei brauchte. Da sind andere Qualitäten vonnöten, über die Faxe zwar auch nicht verfügt, aber heutzutage ist es eben schwer, geeignetes Personal zu finden.

Also Schwamm drüber. Nichtsdestotrotz wollte ich Faxe Gelegenheit geben, seinen Horizont zu erweitern.

„Guck mal, Faxe, so geht das!", trompetete ich zu meinem dicklichen Mitbewerber hinüber. „So macht man das mit den Mädels!"

Faxe sah vom Gras auf, Mordlust im Blick. „Finger weg von Peppy!"

„Und wer soll mich daran hindern? Du etwa, Fusselhirn?" Ich gebe zu, das war unbedacht. Ich hätte mich in diesem Moment umdrehen sollen. Aber hinterher ist man ja immer schlauer.

***

„Und Sie meinen wirklich, ich soll das Feuerwehrfest organisieren? Und bis Sonntag damit fertig sein?" Dana sah ihren Chef zweifelnd an.

„Frau Dirksen, das ist ihre große Chance! Herr Dinkelfuss meint auch, dass er Ihnen das durchaus zutraut. Er hat ja leider im Moment so viel um die Ohren, dass er dafür keine Kapazität frei hat, aber er hat Sie mir sehr empfohlen."

Dana nickte und unterdrückte den Wunsch, in die Schreibtischkante ihres Vorgesetzten zu beißen. Stattdessen hielt sie sich daran fest.

„Das ist aber nett von Herrn Dinkelfuss. Ich werde mich bei Gelegenheit bei ihm dafür bedanken", log sie.

Oder ihn umbringen. Vielleicht stirbt er auch eines Tages freiwillig an seiner Faulheit. „Wir haben ja alle in letzter Zeit wenig zu tun, seit der Bürgermeister zurückgetreten ist. Und bis zur Neuwahl ist es noch einige Zeit hin, wegen der Sommerpause."

Klaus-Werner Hartmann ignorierte den Wink mit dem Zaunpfahl souverän und lächelte nachsichtig. „Manchmal frage ich mich wirklich, wie der Herbert das alles schafft. Der tanzt ja auf allen Hochzeiten gleichzeitig. Ein richtiger Teufelskerl."

Seit wann duzen sich die beiden? Bisher war Herbert zwar Chefs Liebling, aber wenigstens waren die beiden keine Blutsbrüder. Was erzählt der ihm eigentlich noch so alles? Dass er Workaholic ist und in seiner Freizeit bei mittellosen älteren Damen die Wohnung tapeziert? Sie musste kurz einen Kicheranfall unterdrücken. „Der arme Herr Dinkelfuss. Ich weiß gar nicht, warum er so viel Stress hat. Im Moment ist es echt ruhig."

Im Hochsommer passierte in Meisenwald, der selbsternannten Perle des Oberbergischen Landes, ohnehin wenig bis nichts. Wer konnte, ging ins Freibad oder bewegte sich möglichst wenig. Für anstrengende Aktivitäten hob man sich die kühleren Jahreszeiten auf. Bürgermeister Klingebiel war nach den Unruhen um ein geplantes Einkaufszentrum zurückgetreten, und Peter Rosenbaum, sein Stellvertreter, hielt die Füße ruhig und führte die Geschäfte unauffällig weiter.

Das hatte zur Folge, dass bei Dana und ihrem Büromitbewohner Herbert Dinkelfuss so gut wie keine Beschwerden mehr eingingen. Sogar Friedhelm Brösmann, der streitbare Rentner mit den selbstgebastelten Knöllchen, verhielt sich ungewöhnlich ruhig.

Sogar der verdammten alten Nervensäge ist es zu warm, dachte Dana. An einem durchschnittlichen Werktag war Brösmann für zehn bis zwanzig Beschwerden gut, weil er seine Knöllchen nicht mehr nur an falsch geparkte Autos hing, sondern auch an solche, deren Farbe ihm nicht gefiel. Zuletzt hatte er ein Faible für Blau entwickelt. Aber im Moment passierte rein gar nichts. Mit anderen Worten: Dana war langweilig, und sie wehrte sich eigentlich nur aus Reflex.

„Natürlich gibt es ein Festkomitee und so weiter. Frau Dirksen, sie kennen sich ja mit so etwas aus. "

Kannte Dana zwar nicht, war ihr aber auch egal. Sie hatte außerdem auch keinen blassen Dunst davon, was die Feuerwehr so trieb, wenn es gerade nicht brannte; da sie aber an chronischer Selbstüberschätzung litt, war sie sicher, dass sie alles hinkriegen würde, was zu tun sie sich in den Kopf gesetzt hatte. Und mit dem sogenannten Festkomitee würde sie schon fertig werden. *Das sind im Zweifel ein paar Schnarchnasen, die alles so wie immer machen wollen. Bisschen kurzfristig zwar, aber ich krieg das schon hin.*

Das Feuerwehrfest fand immer am letzten Sonntag im August statt und war das sommerliche Highlight der Meisenwalder. Der Meisenwalder an sich ist ein Feierbiest und benötigt nicht viel, um in Partylaune zu kommen. Gesellschaft, Getränke und ein Anlass, mehr braucht es nicht, um die ganze Kleinstadt glücklich zu machen. Musik und ein Imbisswagen werden gern gesehen, sind aber nicht essentiell. Wichtiger ist der Zweck des Ganzen – ein guter Zweck ist prima, aber noch besser ist Brauchtumspflege oder gar beides, denn dann ist man ja moralisch verpflichtet, mitzufeiern, bis die Leber brummt.

Das Feuerwehrfest erfüllte all diese Kriterien und bot darüber hinaus die einmalige Gelegenheit, die großen roten Autos einmal von ganz nahem zu sehen, ohne einen Brand legen zu müssen. Aber der Pyromane aus dem Nachbardorf war längst in Haft.

Die kleinen Meisenwalder durften in den Feuerwehrautos sitzen oder mit der Drehleiter in schwindelerregende Höhen hinauffahren. Wenn es besonders heiß war, ließ es die Feuerwehr zur großen Gaudi der kleinen Gäste aus den C-Rohren regnen. Die großen Meisenwalder dagegen ließen es sich am Grill und im Festzelt gut gehen. In den letzten Jahren war das Fest immer von Heinrich Korte organisiert worden, der aber nun aufgrund einer heftigen Sommergrippe ausgefallen war.

Männerschnupfen. Typisch. Dana war zuversichtlich, dass sie das mindestens genauso gut wie er hinkriegen würde. *Die Planung ist eh schon so gut wie abgeschlossen, und wenn das Wetter mitspielt, kann ich sogar noch einen kleinen Umzug veranstalten. Aber nix mit Pferden,* dachte sie in Erinnerung an den letzten Schützenzug, der ein wenig aus dem Ruder gelaufen war, und das war noch untertrieben. Vielleicht hatte die Feuerwehr ja Oldtimer, die man zeigen konnte? Sie erinnerte sich an die alte Feuerspritze, die kunstvoll restauriert worden war. Da gab es doch sicherlich noch mehr. *Dazu noch eine Hüpfburg und fertig. Geht doch! Und macht gar keine Arbeit.* Dana war zufrieden mit sich.

„Die nächste Sitzung des Festkomitees ist heute um 14 Uhr, ich hoffe, das passt Ihnen", drang Hartmanns Stimme in ihre Gedanken ein.

Dana bejahte. *Bei dem schönen Wetter sind wir sicher schnell fertig mit der Besprechung. Wollen doch alle schnell Feierabend machen. Wobei – so langsam geht mir die Hitze auf den Keks. Als Reiter hat man's ja nicht so sehr mit dem Hochsommer.*

„Herrn Brösmann kennen Sie ja schon. Als ehemaliger Leiter der Freiwilligen Feuerwehr wird er Ihnen mit Rat und Tat zur Seite stehen."

„Wie schön", erwiderte Dana schwach.

2. Kapitel, in dem die Leiche nun aber wirklich gefunden wird

Faxe kam mit wehender Mähne und wogenden Fettpölsterchen auf mich zu, so schnell er konnte. Also in Zeitlupe. Ich gähnte. Als ob so ein Flauschetinker mir supermännlichem Supersportler etwas anhaben könnte!

„Pass auf, Pfridolin! Du bist doch immer so ungeschickt. Nicht, dass du dir noch wehtust!"

Das war Else. Wie peinlich. Und die schöne Peppy hatte es gehört. Manchmal glaube ich, Else will nicht, dass ich einen Harem bekomme. Immer mischt sie sich in mein Privatleben ein. Gut, wir haben eine Beziehung, aber doch nicht die ganze Zeit über! Ich beschloss also, ihren Einwand zu ignorieren, vor allem, weil Peppy mit einem Mal großes Interesse an mir zeigte. Faxe war schon fast bei mir.

„Ja, da guckst du, nicht wahr? So sieht ein Fast-Hengst aus, der fast einen Harem hat!" begrüßte ich Faxe, der das sehr humorlos aufnahm. Konrad und Companero kamen auch angerannt, weil sie gucken wollten, was los war – Companero aus nerviger Gewohnheit, Konrad wie immer auf der Suche nach Publikum und einer Ehrenrunde.

„Wo sind denn hier die Zuschauertribünen?"

„Kon-rad, du bist nicht auf einem Tur-nier. Das hier ist die Wei-de", erklärte ich ihm extra langsam.

Faxe stieß währenddessen wüste Beschimpfungen aus und drängte sich zwischen Peppy und mich.

„Wa-rum spricht Fa-xe so schnell?", erkundigte sich Konrad. Ich hatte ihn währenddessen in Faxes Richtung dirigiert und Peppy von ihm weggelockt.

„Weil er sehr, sehr bö-se ist", knurrte Faxe und stampfte mit dem Vorderhuf auf.

Das konnte ich mir natürlich nicht gefallen lassen uns stampfte meinerseits auf.

Er stampfte nochmal.

Ich stampfte nochmal, natürlich viel besser und eindrucksvoller als er.

Faxe schnaufte und warf sich herum. Ungefähr so dynamisch wie die Frau beim Rückwärtseinparken – nach dem fünften unsicheren Versuch passt es.

Ich tat dasselbe, nur spontaner, und stolperte über Blacky, das Minishetty. Das kleine weiße Mistvieh hatte seine lästige Gewohnheit, mit großer Geschwindigkeit unter allen Zäunen durchzuflutschen, beibehalten und wählte ausgerechnet diesen Moment, um mir in die Quere zu kommen. Ich war gerade im schönsten Schwung, als ich hinten wegrutschte. Blöd. Noch blöder war allerdings, dass Peppy laut loslachte. Faxe bedachte mich mit einem vernichtenden Blick und zog mit seinem Mädchen ab, jeder sittsam auf seiner Seite des Zaunes. Ich tat so, als hätte ich mich ohnehin die ganze Zeit wälzen wollen und stand gemächlich auf.

„Ssssehrrr ßwache Vorrrrßtellung, mein Lieberrr. Frrrauen lieben Rrrromantik und ßöne Sssssachen und keine ungeßickten Trrrrrampeltierrrre", befand Companero, der selbsternannte Sachverständige in Sachen Amore.

Und sein doofer Kumpel Konrad musste noch einen draufsetzen: „Guck mal, da liegt ein Hufeisen!" Anscheinend hatte er die Suche nach der Zuschauertribüne aufgegeben und beschlossen, sich anderweitig umzutun.

Na toll. Das war wahrscheinlich eins von meinen. Das eine Hinterbein tat mir auch ein bisschen weh. Das würde Ärger mit der Frau geben. Ich beschloss, auf meine bewährte Taktik zurückzugreifen und alles abzustreiten. Vielleicht würde die Frau aber auch gar nichts merken? Die Schlaueste war sie ja nicht. Ich beschloss, alles in Ruhe auf mich zukommen zu lassen und erstmal weiter zu essen. Das schöne Gras fühlt sich ja unwohl, wenn es so vernachlässigt wird. Gewissenhaft rupfte ich drauflos.

***

Komischerweise stand das Tierarztauto immer noch da, als wir nachmittags von der Weide zurück in unsere Boxen gebracht wurden.

„Vielleicht ein schwieriger Fall?", mutmaßte ich.

„Ach was, Motorschaden. Sieht man doch", erklärte Faxe. „Die Sorte Autos hat das ständig. Ich kenn' mich aus."

Seit mein Versuch, Peppy von meinen Vorzügen zu überzeugen, gescheitert war, hatte sich Faxes Laune stetig verbessert, und jetzt konnte er sich die Gelegenheit, sich als Techniksachverständigen zu präsentieren, einfach nicht entgehen lassen.

Faxe kann nämlich nicht nur Türen öffnen und ein bisschen lesen, sondern ist ganz allgemein technikbegeistert. Er interessiert sich für fast alles, was knattert oder sonstige Geräusche machte. Einmal durfte er sogar in die Motorhaube von Melanies Auto gucken, weil die irgendwo irgendwas nachfüllen musste. Melanie ist seine Besitzerin, die jedes einzelne seiner vielen Haare abgöttisch liebt.

Ganz anders Dana alias „die Frau", in deren Hand es immer unruhig zuckt, sobald meine Mähne eine bestimmte Länge erreicht. Dank ihrer nicht vorhandenen Frisierkünste hatte ich bisher kein Liebesleben, was sich in den letzten drei Monaten allerdings schlagartig geändert hat. Und zu was? Zu Recht. Es kommt nämlich nicht auf die Länge an. Companero, mein spanischer Ex-Boxennachbar, guckt allerdings immer komisch, wenn ich ihm das sage. Er ist halt auch so ein Mähnenwunder. Bei ihm liegt es aber daran, dass er seine Gehirnzellen fürs Mähnenwachstum benötigt, da bleibt keine Kapazität mehr fürs Denken.

„Welche Sorte Autos? Tierarztautos?"

„Ja genau. Die sieht man ständig an Reitställen rumstehen. Stehen immer. Fahren nie", erklärte Faxe.

Wir gingen also lässig an dem geparkten Geländewagen vorbei und knabberten im Laufen an den Grasbüscheln, die zwischen den großen Steinen auf dem Parkplatz wuchsen. Eigentlich sollten rings um den Parkplatz herum Blumen gepflanzt werden, aber Kiki, deren Eltern der Petershof gehörte, hatte darauf hingewiesen, dass unsereiner die wahrscheinlich nur essen würde, und so blieb es bei einer Umrandung aus Findlingen mit Grasdeko. Ich fand das völlig ok.

Leider war Else schon zuhause und begrüßte mich mit den Worten: „Na, da hast du dir aber ganz schön Zeit gelassen. Dein rosa Halfter könnte übrigens mal wieder gewaschen werden. Wenn es so schmutzig ist, lenkt es die Aufmerksamkeit auf deine tragische Frisur, mein süßes Pummelchen. Dass du aber auch immer raufen musst!"

Ich hörte, wie Faxe grinste. Dafür musste ich mich nicht mal umdrehen. „Sag jetzt nichts, Faxe. Die Else kann ihre Leidenschaft nicht mehr bezwingen, deshalb redet sie so."

„Schlank bist du ja nun wirklich nicht, aber du hast so entzückende Puschelöhrchen. Und wirst immer so niedlich von deiner Besitzerin angezogen", befand Else.

Rosa, Fluch und Segen zugleich. Es gibt wohl keine Farbe, die einen Fast-Hengst unmännlicher aussehen lässt. Aus unerfindlichen Gründen stehen die Angehörigen des weiblichen Geschlechts aber darauf. Die Frau bildet da keine Ausnahme.

„Du bist auch nicht der Schlankste, Faxe." Vielsagend guckte ich seinen umfangreichen Körper an. „Was

macht eigentlich John-Boy da vorn in der Putz-Box?",
versuchte ich ein weiteres Ablenkungsmanöver.

Wir haben nämlich eine Ecke im Stall, die nur zum
Putzen vorgesehen ist. Natürlich kann man auch ganz
normal in der Stallgasse putzen, aber in dieser speziellen Ecke hat man einfach mehr Platz und noch dazu ein
Solarium, wovon ich schon ganz schön braun geworden
bin, hehe. Nein, das natürlich nicht, ich war immer schon
so schön schwarzbraun, aber es hat so rote Lampen und
ich bekomme immer was zu essen, wenn ich darunter stehe, weil ich das der Frau so beigebracht habe.

John-Boy ist ein ausgesprochen glücklicher Rentner
mit einer sagenhaft lebensbejahenden Einstellung. Quasi der Johannes Heesters des Petershofs. Früher hatte er
es mal auf Faxes Freundin Peppy abgesehen. Na ja, eigentlich auf jede Stute, die nicht bei drei auf dem Baum
ist. Seine Besitzerin Kiki ist zugleich Reitlehrerin und bemüht sich seit geraumer Zeit, der Frau das Reiten beizu-
bringen. Es ist aber nicht ihre Schuld, dass es bisher nicht
geklappt hat. Die Frau ist nämlich ungefähr so locker und
beweglich wie ein Brett. Aber ich sollte nicht so über meine Besitzerin lästern. Sie kann sehr niedlich gucken und
hat immer Leckerlis dabei, mit denen sie ausgesprochen
freigebig ist.

John-Boy hatte gerade nichts zu essen, dafür aber
Besuch von einer Frau, die sich angelegentlich mit ihm
beschäftigte. Typisch für den alten Casanova.

„John-Boy?" Else verrenkte den Hals, um mehr erkennen zu können. „Irgendeine Frau tätschelt an ihm
rum. Ach nein, jetzt telefoniert sie."

„Natürlich passe ich auf mich auf! Dir auch noch
einen schönen Tag und vielen Dank für den Anruf!",
sprach die Frau in ihr Handy und wandte sich dann wieder John-Boy zu: „Entschuldige die Unterbrechung, mein
Großer. Sonst gehe ich während einer Behandlung nicht
ans Telefon, aber das war mein verrückter Onkel. Bei ihm
hab ich immer Angst, dass er was angestellt hat. Er hat
nämlich ständig irgendwelche komischen Ideen. Stell dir
vor, er ist sogar schon mal Autorennen gefahren und mit
dem Fallschirm abgesprungen. Nur so, zum Spaß!" Sie
hantierte weiter an John-Boys Hals herum und arbeitete
sich in Richtung Rücken vor.

Wie macht der das nur, dass die Weiber so auf ihn stehen,
fragte ich mich, hütete mich aber davor, das laut zu sagen,
weil ich Angst vor Elses Antwort hatte.

„Das ist Tine", wusste Faxe.

„Ooooooooooooooooh. Aaaaaaaaaaaaaaaaah! Ja, da.
Genau da!", machte John-Boy.

„Hä?", machte ich.

„Frau Physiotherapeutin. Gerade macht sie manuelle
Therapie."

Ich weiß nicht, woher Faxe sowas immer hat. Manchmal glaube ich, er denkt sich diese Wörter einfach aus.

„Also für mich sieht das aus wie Tätscheln", gab ich
mein fachkundiges Urteil ab.

„John-Boy wird regelmäßig von Tine behandelt, weil er seit dem Frühjahr in Rente ist und halt manchmal Wehwehchen hat. Kiki meint, er hätte sich das Wellnessprogramm verdient."

Es gibt Wellness für Pferde??? Jetzt merke ich erst, was mir die Frau so alles vorenthält. Hier wird eindeutig am falschen Ende gespart!

„Deshalb kriegt er ja auch immer Matschefutter mit Roter Bete drin", ergänzte Else. „Für wen ist eigentlich der Tierarzt da?"

„Tierarzt? Wieso?"

„Na wegen dem Auto da draußen." Else sah mich an, als wäre ich dumm oder sowas.

„Das Auto steht schon seit heute Morgen da. Faxe meint, es wäre kaputt."

Genau in dem Moment rannte die fremde Frau schreiend die Stallgasse hinunter. Faxe und ich sahen uns an.

***

Hier riecht es aber wieder lecker, dachte Dana, als sie die Tür der Rathauskantine öffnete. Zielstrebig eilte sie zur Quelle des köstlichen Hackbratendufts, wobei sie fast mit einer dunkelhaarigen Frau zusammenstieß. Die Unbekannte strahlte sie an, begrüßte Danas Lieblingskollegen Markus auf das Herzlichste und streckte Dana die Hand entgegen: „Xenia Lange, Task Force Hundesteuer." Dana stellte sich ebenfalls vor und stellte fest: „Sie kommen mir so bekannt vor. Sind Sie schon lange im Rathaus?"

„Sie mir aber auch. Ich bin aber erst seit einer Woche hier. Vorher war ich in Diepenmühle, in der Außenstelle."

„Verrückt. Vielleicht aus der Freizeit?" Dana witterte einen Hauch Fliegenspray. „Reiten Sie?"

Xenia lachte. „Natürlich, das Fliegenspray hat mich verraten! Bestimmt kennen wir uns von den Pferden her! Die Pferdewelt ist eine der kleinsten."

„Stimmt, man trifft ständig Bekannte."

„Aber jetzt muss ich los. Wir sehen uns!"

Dana sah ihr nach. „Sehr sympathische Frau. Woher kennst du sie?"

„Wir haben mal zusammen an einem Projekt gearbeitet. Kannst du dich noch an **ERPEL** erinnern? Die **E**rfassung der **R**eitwege für **P**ferdebesitzer, **E**igentümer und **L**andwirte. Wir haben eine digitale Reitwegekarte gezaubert und daraus eine App bauen lassen. Xenia hat da die besten Kontakte. Sie hat wohl viel mit diesem Friesenzüchter zu tun."

„Gerrit van de Velde", sagte Dana.

„Ja genau. Der ist es. Und jetzt ist sie in der Task Force Hundesteuer."

„Dann ist Lohmeyer nicht mehr allein. Schön für ihn!" Gregor Lohmeyer war seinerzeit nach einer unvorsichtigen Äußerung über seinen Chef in den Bereich Hundesteuer strafversetzt worden.

Hackbraten à la Dorothee
(für 4 Personen)

800 g	Hackfleisch (gemischt)
2	Eier
2 EL	Paniermehl
2 EL	gehackte Petersilie
2 TL	Oregano (getrocknet)
2 TL	Basilikum (getrocknet)
1/2 TL	Kreuzkümmel(gemahlen)
1 Msp.	Gewürznelke (gemahlen)
150 g	Mozzarella
100 g	getrocknete Tomaten
150 g	schwarze Oliven (ohne Stein)
1-2 Zehen	Knoblauch
2 EL	Sahne
1 EL	Olivenöl
	Salz und Pfeffer

Das Hackfleisch mit den Eiern, dem Paniermehl und den Gewürzen in einer Schüssel vermengen. Die getrockneten Tomaten und den Mozzarella abtropfen lassen. Beides in Würfel schneiden und zum Hackfleisch geben. Oliven in Scheiben schneiden und mit der Sahne unter das Hackfleisch mischen. Alles gut mit den Händen verkneten.

Eine ofenfeste Kastenform mit Olivenöl einfetten. Hackfleisch hineingeben und im vorgeheizten Ofen bei 200°C auf der zweiten Schiene von unten ca. 40 Minuten garen.

Herausnehmen, 5 Minuten ruhen lassen und in Scheiben schneiden.

„Ja, er hat wirklich Glück gehabt. Xenia hat sich freiwillig auf die Stelle beworben."

„Verrückt. Die Hundekontrolleure haben doch nur Ärger mit den Hundebesitzern."

„Soviel ich weiß, ist sie im Innendienst. Lohmeyer muss sich immer noch selbst mit den blutrünstigen Bestien rumschlagen. Und mit ihren Hunden."

„Der Arme", bedauerte Dana.

Sie hatten sich mit der Schlange der Wartenden nach vorn geschoben und waren an der Essensausgabe angelangt. Dana hatte unter spitzen Schreien („Hackbraten! Ich liiiieeebe Hackbraten!") ihr Essenstablett in Empfang genommen und folgte Markus zu einem Tisch am Fenster.

Die Rathauskantine hatte sich das Originalflair der 1970er Jahre bewahrt. Dana mutmaßte, dass das schlicht und ergreifend daran lag, dass seitdem nicht mehr renoviert worden war. Der letzte Meisenwalder Bürgermeister hatte das während seiner schier endlosen Amtszeit mit Sparzwängen begründet, sich selbst die Mahlzeiten aber stets auswärts servieren lassen, und zwar bevorzugt da, wo es Prosecco und Damastservietten gab. Sie erzählte von ihrem neuesten Auftrag.

„Du sollst das Feuerwehrfest organisieren? In nur einer Woche? Wie kommst du denn zu der Ehre?"

„Mein armer, überarbeiteter Büromitbewohner hat mich weiterempfohlen. Wahrscheinlich in der Zeit, in der er nicht mit seiner Freundin im Büro geturtelt hat."

„Die beiden sind aber auch ein unwahrscheinliches Pärchen", sinnierte Markus. „Herbert Dinkelfuss, der Inbegriff des Beamten, komplett mit braunem Pullunder und Schnäuz, und Corinna Bensemann, die feurige Seemannswitwe. Woran ist ihr letzter Mann nochmal gestorben?"

„Bestimmt an ihr", antwortete Dana düster. „So, wie sie Herbert im Büro umgarnt, würde mich das fast nicht wundern. Kannst du dir vorstellen, dass sie ihm jeden Tag Labskaus ins Büro bringt und sich die beiden dann gegenseitig füttern?"

„Erstaunlich. Ich hätte gedacht, dass zumindest Corinna ohne fremde Hilfe essen kann."

„Und Labskaus! Mal find ich das ja ganz lecker. Aber dauernd?" Dana schüttelte sich. „Und dabei war der verblichene Johann, Gott hab ihn selig, noch nicht mal auf dem Meer, sondern Rheinschiffer gewesen. Mit einem Kohlefrachter."

„Ja, aber wer weiß, was Corinna vorhat? Vielleicht hat sie mit Herbert große Pläne." Markus attackierte den Hackbraten, den Dorothee, die Kantinenwirtin, mit Liebe und einem Hauch Gewürznelke zubereitet hatte. Dana und Markus, die sich seit ewigen Zeiten kannten und mindestens genauso lange beste Freunde waren, wussten das zu schätzen.

„Eine Rheinfähre kapern und in die Karibik durchbrennen, zum Beispiel", kicherte Dana.

„Zum Beispiel. Wir könnten das auch tun, aber du fährst ja lieber mit roten Autos ums Festzelt rum."

Labskaus á la Seemannswitwe
(für 4 Personen)

2 Dosen Corned Beef	
1 kg	Kartoffeln
3-4	Zwiebeln
1 Prise	Muskat
2-3	Gewürzgurken aus dem Glas (in Würfel geschnitten)
5 EL	Gurkenflüssigkeit
1 Glas	Rote Bete
4	Eier
1 EL	Öl
	Salz und Pfeffer

Kartoffeln schälen und kochen. Während die Kartoffeln kochen, die Zwiebeln abziehen, fein würfeln und im Öl glasig andünsten. Anschließend die Gurkenflüssigkeit und das zerteilte Corned Beef hinzufügen und auf kleiner Flamme mitschmoren lassen.

Die gar gekochten Kartoffeln abgießen und etwas Kochwasser aufheben. Dann die Kartoffeln stampfen und mit der Corned Beef-Masse und den gewürfelten Gewürzgurken vermengen. Mit Salz, Pfeffer und Muskat abschmecken. Falls die Masse zu fest ist, etwas von dem Kartoffelwasser hinzufügen.

Die Eier in der Pfanne braten und jeweils als Spiegelei auf eine Portion Labskaus legen. Dazu Rote Bete servieren.

„Da wird man wenigstens nicht seekrank. Aber das wäre eine hübsche Idee fürs Feuerwehrfest. Die Feuerwehr hat doch sicherlich auch irgendwelche Oldtimer, die sie gern vorführen würde. Und mit denen sie Leute für eine kleine Spende zugunsten des Witwen- und Waisenfonds einmal ums Festzelt herumkutschiert." Dana war begeistert von ihrer Idee.

„Aber was verschlägt eine Rheinschifferwitwe hierhin, ins malerische Meisenwald, wo es meilenweit keinen schiffbaren Fluss gibt?"

„Du tust gerade so, als wären wir am Ende der Welt. Immerhin sind Köln und Düsseldorf und damit auch der Rhein nur eine knappe Autostunde entfernt."

„Trotzdem", beharrte Markus. „Wieso ist Corinna ausgerechnet hierhin gezogen?"

„Ich glaube, weil sie endlich festen Boden unter den Füßen haben will und einen gestandenen Mann an ihrer Seite." Herbert Dinkelfuss war unbemerkt an ihren Tisch getreten.

„Herbert! Wir haben dich gar nicht gesehen!" Danas Gesichtszüge waren kurzfristig entgleist.

„Schatzilein, mit wem sprichst du da?" Die feurige Seemannswitwe war ihrem Labskaus-Lover gefolgt, konnte aber Herbert nicht über die Schulter gucken, weil sie kleiner als er war.

„Hallo Corinna!" Das kam jetzt schon im Chor. Markus hatte nämlich gute Reaktionen. Neugierig betrachtete er die kleine, rundliche Frau. *Sieht gar nicht so männermordend aus wie Dana tut. Aber kochen kann sie, das sieht man*

gleich. Die kann bestimmt nicht nur Labskaus in 45 Varianten,
sondern auch Rouladen und Schmorbraten. Verträumt lächelte
er Corinna an.

„Setzt euch doch, hier ist noch was frei. Der Hackbraten schmeckt übrigens vor-züg-lich", teilte Dana mit.

„Nein danke, wir hatten schon Labskaus. Im Büro.
Du warst übrigens nicht da und der Chef sucht dich.
Wollte ich dir nur gesagt haben."

„Worum geht's denn?"

„Das weiß ich nicht, ich habe schließlich Mittagspau-
se. Ich muss meine gesetzlichen Pausenzeiten einhalten,
sonst schädige ich noch meinen Dienstherrn. Der hat ja
Anspruch auf meine uneingeschränkte Dienstfähigkeit.
Und wo ich doch gleich auf Außentermin bin und heute
nicht mehr ins Büro zurückkomme."

„Schatz, so wie du das sagst, habe ich richtig Angst,
dass du dich kaputtarbeitest."

„Keine Sorge, mein Täubchen!" Herbert hob mah-
nend die Hand. „Ein Beamter tut Dienst, aber er arbeitet
nicht."

„Da bin ich aber froh." Corinna sank in seine Arme.

***

Faxe und ich sahen uns immer noch an, als Tine die
schreiende Frau zu beruhigen versuchte. Sonst war keiner
im Stall. John-Boy döste selig vor sich hin. Anscheinend

hatte die Physiotherapeutin ganze Arbeit geleistet. Wenn nur das Geschreie endlich aufhören würde. Das konnte einem glatt den Appetit verderben.

Aber Tine konnte nicht nur mit Pferden.

„Das Auto", sagte die Fremde aufgeregt. „Das Auto!"

„Jaja, das Auto", sagte Tine beruhigend.

„So ein Auto kann einen schon fertigmachen", kommentierte Faxe.

„Das Auto! Ja, verstehen Sie denn nicht!" Die Fremde war schon wieder kurz vor der Hysterie.

„Nein", antwortete Tine wahrheitsgemäß.

„Das Auto! Das Auto!!"

An dieser Stelle hätte ich mir gern die Ohren zugehalten.

„Das nennt man Schreikrampf", erklärte Faxe. „Und das Weinkrampf", als sich die Tonlage änderte.

„Der Tierarzt!! Das Auto!!!"

Der Tierarzt? Das war neu. Ich warf Faxe einen neugierigen Blick zu. Wie würde er das wohl aufnehmen? Tine war auf jeden Fall verblüfft. „Das Tierarztauto? Draußen?"

„Kommen Sie, kommen Sie! Schnell!!!"

„Lassen Sie mich los! Was wollen Sie denn?"

„Ihnen was zeigen! Einen toten Tierarzt nämlich. Wir brauchen die Polizei!"

„Oder einen Krankenwagen." Tine war da eindeutig optimistischer.

Beide hasteten auf den Parkplatz.

„Das nennt man dann wohl einen tödlichen Tierarzt-termin. Haha", fügte ich hinzu, als keiner lachte.

Faxe sah mich verständnislos an.

„Kleiner Scherz, um die Stimmung aufzulockern. Ich wusste ja gleich, dass mit dem Auto was nicht stimmt", bemerkte ich anklagend. „Und damit meinte ich keinen Motorschaden. Das ist nämlich mein berühmter krimina-listischer Instinkt. Wir Meisterdetektive merken es sofort, wenn das Verbrechen sein hässliches Haupt erhebt."

Faxe war nicht beeindruckt. „Trotzdem geht diese Sorte Auto immer kaputt. Wann gibt's denn endlich was zu essen?"

„Ja genau", meldete sich Else von der anderen Seite. „Was ist denn das für ein schlampiger Service hier? Erst wird man von der Weide geholt und dann gibt es Nulldi-ät. So geht man nicht mit einer Dame um!"

3. Kapitel, in dem ich mich zum Chefermittler erkläre und die Frau Kuchen isst

Vor dem Stall hörte man aufgeregte Stimmen und in der Ferne Martinshörner. Anscheinend hatten auch andere den toten Tierarzt gefunden.

Sergej führte Stuti in ihre Box.

„So schnell verhungert man nicht", zwitscherte sie.

„Hast du 'ne Ahnung", murmelte Faxe düster.

„Wenn ihr wüsstet, was draußen los ist! Ganz viele Leute, und alle reden und sind ganz aufgeregt!"

Nun war Stuti ja zugegebenermaßen lieb und nett und hübsch anzuschauen, aber keine Intelligenzbestie. Wie soll das auch gehen, als Stute. Ich brachte mich also ins Gespräch ein, und zwar mit folgenden Worten: „Stuti, nun lass mal die Kirche im Dorf. Als Chefermittler sage ich dir hier und jetzt, was draußen los ist und dass ich alles unter Kontrolle habe."

„Kirche im Dorf? Wieso denn das?"

„Nur eine Redewendung", wischte ich ihren Einwand beiseite. Ich sah mich nach rechts und links um, um mich der Aufmerksamkeit meiner Zuhörer zu vergewissern. Faxe mümmelte Heu und Else war raus aufs Paddock gegangen. Die würden schon noch sehen, was sie verpassen.

„Der Tierarzt ist tot und ich werde herausfinden, weshalb. Und warum? Weil ich es kann!" *Und außerdem wäre es eine schöne Ablenkung von der Hitze und den Fliegen.*

Ich erinnerte mich an das letzte Mal, als ich in einem mysteriösen Todesfall ermittelte, an die Spannung, das warme Gefühl des Erfolgs, die Aufmerksamkeit, die anerkennenden Blicke und die überraschende Enthüllung am Schluss. Das alles wusste ich noch, als ob es gestern gewesen wäre und nicht schon ein paar Monate zurücklag. Damals wurde der Grundstein zu einer steilen Detektivkarriere gelegt, da war ich mir ganz sicher.

Faxe, mein nicht immer getreuer Adlatus, sah mich an. „Bifft bu bir siffer?"

„Faxe, hör doch endlich mal auf mit vollem Mund zu sprechen. Das ist uncool, und wir Geheimagenten tun keine uncoolen Dinge."

„Schatz, jetzt echauffier dich nicht so, das ist gar nicht gut für deine zarten Nerven", rief Else von draußen. *Ach Else, wenn du wüsstest, was für ein kerliger Kerl ich bin.*

„Info für den Chefermittler: Hier kommt übrigens gerade die richtige Polizei vorgefahren", trompetete Stuti. „Und ein Krankenwagen."

***

Danas Chef hatte letztlich doch nichts Weltbewegendes mitzuteilen gehabt. Dana möge doch bitte sicherstellen, dass ihre Arbeit in der Beschwerdestelle, die kurzfristig Beschwerdemanagement hieß und danach den schönen Namen Customer Feedback Management bekam, nicht darunter leide, dass sie sich mit und bei der Feuerwehr verlustiere. Dana erinnerte Hartmann daran, dass er selbst ihr diesen Arbeitsauftrag erteilt hatte.

„Stimmt ja, stimmt ja. Der arme Herbert ist so überlastet, der hat es beim besten Willen nicht mehr hinbekommen."

„Gerade habe ich ihn mit seiner Freundin in der Kantine getroffen, da sah er wirklich schlimm aus. Und dann noch diese komischen Punkte im Gesicht…"

„Punkte? Punkte? Was meinen Sie?"

„Masern vielleicht. Oder Windpocken. Sah ansteckend aus. Jetzt muss ich aber wirklich los."

Hartmann war Hypochonder, und Dana wusste es. Wahrscheinlich würde er in der nächsten Sekunde nach einem Spiegel oder einem Mundschutz suchen, dachte sie vergnügt. Oder nach beidem.

***

In Feuerwehruniform wirkte Friedhelm Brösmann genauso deplatziert wie als selbsternannter Knöllchenschreiber und Abschleppunternehmer. Er reichte Dana knapp bis zur Achselhöhle und sah aus wie ein gutmütiger Heiliger. Ein sanftes Lächeln erhellte sein Gesicht, und der weiße Haarkranz um seinen kahlen Schädel wirkte wie ein Heiligenschein. Ein gütiger Blick hinter einer goldgeränderten Brille komplettierte das Ensemble. Der Schrecken der Falschparker hatte Dana in der Vergangenheit wiederholt versichert, er tue das, was er für gewöhnlich tue und wozu böse Menschen Amtsanmaßung sagten, nur, um der Allgemeinheit zu dienen und Meisenwald von der Geißel der Falschparker zu befreien. Diejenigen, die sich über seine selbstgeschriebenen Knöllchen beschwerten, nannte er verirrte Seelen, die er auf den Pfad der Tugend zurückführen würde. Wie genau das vonstatten gehen sollte, wollte Dana lieber nicht wissen. Auf jeden Fall hatte sich noch niemand über seine Bekehrungspraktiken beschwert – zumindest die waren allem Anschein nach entweder wirksam oder zumindest sozial akzeptabel. Er hatte mehrere Bleche mit Kuchen mitgebracht und den Besprechungsraum in eine Kaffeetafel verwandelt.

„Ist das nicht schön, dass wir hier alle so gemütlich zusammensitzen?", freute er sich. „Darf ich vorstellen? Das ist mein Freund Peter (er sprach es Pieta aus). Er war lange im Ausland und ist erst im letzten Jahr nach Diepenrode gezogen. Er braucht dringend eine Aufgabe, deshalb habe ich ihn ins Organisationskomitee berufen. Wir können jede helfende Hand gebrauchen."

„Angenehm, Wisskamp", stellte sich der andere Mann vor, der Dana bereits wegen seiner eigenartigen Kopfbedeckung aufgefallen war. Er trug nämlich einen Indiana Jones-Hut und sah so wettergegerbt und lässig aus, wie es ein ordentlicher Meisenwalder nie hinbekommen würde. Er mochte zwischen 50 und 60 sein, hatte sich aber extrem gut gehalten.

Sportliche Figur und ein ironischer Zug um die Augen, konstatierte Dana. Und er sieht original aus wie Indiana Jones. Der Held meiner Jugend. Indy!!! Dana schmolz dahin.

„Sie müssen Frau Dirksen sein." Er schüttelte ihre Hand. „Friedhelm hat mir schon viel von Ihnen erzählt. Und diese charmante junge Dame ist …?" Er ließ das Satzende fragend in der Luft hängen.

„Jessica Klein, meine Auszubildende", antwortete Dana für Jessica, die sich gerade ein Stück Kuchen in den Mund gestopft hatte und heftig kaute. Jessica machte „Mpf" und streckte Wisskamp die Hand entgegen, die dieser heftig schüttelte. „Mann, der Pflaumenkuchen ist vielleicht lecker. Hast du den schon probiert, Dana?"

Brösmann strahlte väterlich und offerierte weitere Kuchensorten. Jessica war im siebten Himmel. „Der hier ist mit Eierlikör. Man muss den Teig lange ruhen lassen, das ist das Geheimnis. Haben sie den Apfelstreusel schon? Nein? Warten Sie, ich geb' Ihnen ein Stück. Und den müssen sie unbedingt auch probieren, das ist Apriko-se-Quark. Ganz wunderbar!"

„Der beste Kuchen seit Melbourne. Dort gibt es eine österreichische Konditorei – ein Traum, sag' ich Ihnen. Aber der hier schlägt alles!" teilte Wisskamp alias Indy mit.

„Welcher denn? Der Apfelstreusel oder der Apriko-se-Quark?", erkundigte sich Brösmann.

„Aprikose-Quark. Der ist so schön locker und leicht", fand Pieta Wisskamp.

„Ich störe ja nur ungern, aber…"

„Aber natürlich, Frau Dirksen. Ein Stückchen Pflaumenkuchen für Sie? Meine Frau wäre untröstlich, wenn sie den nicht wenigstens einmal probieren. Die Pflaumen sind aus eigener Ernte!"

Nein danke, ich möchte bitte nur schnell das Fest organisieren und dann in den Stall. Laut sagte sie: „Gern, aber dann müssen wir uns wirklich um unser Fest kümmern!" *Boah, lecker. Jessica hatte Recht. Jetzt mal die anderen Sorten probieren.*

„Wer kümmert sich eigentlich gerade um die Falschparker, Friedhelm?"

„Das macht Elfriede. Aber pscht, wir wollen unseren schönen Besuch ja nicht vom Feuerwehrfest ablenken!"

Da konnte Brösmann unbesorgt sein. Dana und Jessica hauten rein, als gäbe es kein Morgen.

„Ach ja, das Feuerwehrfest. Eine Woche haben wir noch bis dahin, oder?"

„Ja genau. Wir machen es einfach genauso wie beim letzten Mal. Der Getränkehändler weiß eh Bescheid und das Festzelt ist reserviert."

Jessica erwachte aus der Kuchen-Ekstase. „Gibt's auch 'ne Hüpfburg? Ich finde Hüpfburgen toll!"

„Ja genau. Was können wir denn so alles an Attraktionen bieten?", mischte sich Dana in das Gespräch ein. *Fachmännisch*, wie sie fand. *Und mit fast leerem Mund.*

„Das Festzelt."

„Ja, und?"

„Das Festzelt?"

„Und außerdem?"

Elfriedes Pflaumenkuchen
(1 Blech)

400 g	Mehl
½ Päckchen	Backpulver
200 g	Quark
1	Ei
100 g	Zucker
125 ml	Öl
4 EL	Milch
2 kg	Pflaumen
evtl.	Zucker zum Bestreuen

Backofen vorheizen (180 Grad). Mehl mit Backpulver mischen. Quark, Ei, Zucker, Öl und Milch hinzufügen und mit dem Knethaken des Handrührgeräts gut durchkneten. Nicht zu lange, sonst wird der Teig klebrig.

Ein Backblech einfetten oder mit Backpapier belegen. Den Teig darauf ausrollen.

Die Pflaumen waschen, an einer Seite längs aufschneiden, entkernen und Pflaume für Pflaume geöffnet und dicht an dicht in den weichen Teig drücken.

Wer mag, streut noch großzügig Zucker über die Pflaumen. Dann auf der mittleren Schiene des Backofens zirka 20-25 Minuten backen. Den fertigen Pflaumenkuchen aus dem Backofen herausnehmen, auf dem Blech erkalten lassen und in Stücke schneiden.

„Rote Autos mit Blaulicht obendrauf?", schlug Jessica vor. Dana nahm sich vor, in ihrer Beurteilung die Worte „schlagfertig" und „wortgewandt" zu verwenden.

„Das Festzelt war immer gut genug. Den Leuten reicht das. Außerdem gibt's noch den Grill. Den mögen sie auch." Brösmann war beharrlich.

Dana auch.

„Wie wär's denn mal mit was Neuem?", lockte sie.

„Einer Kuchentheke vielleicht? Oder dachten Sie an Bungee-Springen von der Drehleiter herunter?", strahlte Indy-Wisskamp. „Sowas hab ich mal gemacht, damals in Caracas."

„Vielleicht." *Tsss. Interessante Ideen hat der Mensch. Und wirkt ganz sympathisch dabei.* Jeden anderen hätte Dana für einen Angeber gehalten, aber Wisskamp kam so locker und unaufgeregt daher, dass sie ihm tatsächlich den Weltenbummler und Abenteurer abnahm. Trotzdem war es nicht das, worauf Dana gewartet hatte. *Die Strubbelköppe kommen da sowieso nie drauf, da kann ich es auch gleich selbst vorschlagen. Dann sind wir wenigstens schnell fertig und können Feierabend machen. Vielleicht lässt mir meine gefräßige Auszubildende sogar noch ein Stück Kuchen übrig.*

„Wie wär's mit einer Oldtimer-Schau? Wir zeigen historische Feuerwehrfahrzeuge und kutschieren die Besucher gegen eine Spende damit herum."

„Das muss aber eine ordentliche Spende sein!", meckerte Brösmann.

Der ist bestimmt nur sauer, dass er nicht selbst auf so eine großartige Einnahmequelle gekommen ist.

„Das hängt von den Oldtimern ab", meinte Pieta Wisskamp. „Wenn es tolle Fahrzeuge sind, sind die Leute sicher spendabel."

„Wir haben nur ordentliche Oldtimer, Pieta!" Brösmann war in seiner Loyalität getroffen. „Alle uralt und tipp-topp in Schuss!" Zu Dana und Jessica gewandt, fügte er hinzu: „Wir haben natürlich auch moderne Fahrzeuge, die brauchen wir ja für die Einsätze." Jessica tat so, als hätte sie zugehört und nicht die ganze Zeit Kuchen in sich hineingeschaufelt.

„Die roten Blitze. Wer kennt sie nicht." Es war ein offenes Geheimnis, dass die Meisenwalder Feuerwehr so sehr an ihren Fahrzeugen hing, dass die bei jedem Einsatz frischgewaschen und blitzblank poliert erschienen und nach getaner Tat von Hand geputzt und liebevoll trockengerubbelt wurden.

***

Mittlerweile standen wir alle auf unseren Paddocks und kommentierten fachmännisch den Abtransport der Leiche. Zuerst war ein Krankenwagen gekommen, dessen Besatzung sich am Inhalt des Tierarztautos zu schaffen gemacht hatte. Nach einigem Hin und Her stand fest, dass der Tierarzt nicht krank, sondern verstorben war, und zwar sehr. Wie sehr, darauf wollte sich der Notarzt nicht festlegen, sondern wiegte immer nur den Kopf und wiederholte sein Mantra: „Rigor mortis, rigor mortis."

„Das heißt übrigens Totenstarre", erklärte Faxe mit weltmännischer Miene.

„Ich wusste das auch", bemerkte ich schnell und hielt seinem Blick stand.

„Natürlich wusstest du das, mein Schatz. Unter deinen süßen Puschelöhrchen steckt schließlich ein kluges Köpfchen." Das war Else.

„Da steckt nicht nur ein kluges Köpfchen, sondern da wohnt ein ganzer Meisterdetektiv, Schätzelein!"

„Was ist denn los, was ist denn los!" Stutis Box war gegenüber, sie konnte also nicht sehen, was gerade draußen passierte.

„Wir haben es hier mit einem mysteriösen Todesfall zu tun", erklärte ich fachmännisch.

Als nächstes kam die Polizei dazu, und zwar gleich mit zwei Streifenwagen. Der zauderliche Notarzt hatte sich immerhin auf „unklare Todesursache" festgelegt. Der Parkplatz wurde abgesperrt. Mit - igitt – Flatterband. Mit Flatterband habe ich nämlich mal sehr unschöne Erfahrungen gemacht. Es war auf einem Ausritt, bei dem ich um ein Haar von Flatterband angegriffen worden wäre. Aber die Frau wollte sich mal wieder nicht von mir retten lassen. Es ist also letztlich purer Zufall, dass wir beide mit dem Leben davongekommen sind.

Wo war ich? Ah ja, Flatterband. Ich schüttelte mich kurz und wandte mich wieder dem Parkplatz zu. Mittlerweile war ein drittes Polizeiauto eingetroffen. Eines muss man diesen Polizisten ja lassen: Sie mögen Autos. Jeder hat ein eigenes. Das letzte gehörte der Kripo, wie ich durch geschicktes Belauschen der Uniformierten herausfand.

Die Kripo war irgendwie wichtiger als die andere Polizei, jedenfalls dachte sie das. Das lag vielleicht auch daran, dass die einen Polizisten Uniformen trugen und die anderen nicht. Tatsächlich schnitten die mit Uniform denen mit den normalen Klamotten Fratzen, wenn die gerade nicht aufpassten. Wie bei uns Pferden auf der Weide. Wenn ich genau weiß, dass ein Zaun dazwischen ist, traue ich mich auch, den Hengst vom Nachbarhof zu ärgern.

Beide Sorten Polizei scharten sich um den Notarzt. Außer „unklarer Todesursache" war aus dem aber nix Gescheites rauszuholen, woraufhin der Oberpolizist einen Leichenwagen bestellt und den Krankenwagen Richtung Rettungswache abkommandiert hatte. Wenn dem aus medizinischer Sicht nichts entgegenstände und der Herr Notarzt einverstanden sei. Das war der Herr Notarzt, und zwar aus mehreren Gründen, die hauptsächlich damit zu tun hatten, dass der Verstorbene … nun ja, eben verstorben war, er selbst aber hungrig und es montags auf der Wache immer Pfannkuchen gab. Der Leichenwagen traf ein, dicht gefolgt von der Spurensicherung.

Draußen passierte erstmal nichts, außer, dass der Fahrer des Leichenwagens und der Fahrer des Spurensicherungsbusses nebeneinanderstanden und rauchten. Allerdings in gehörigem Abstand zum Stall, wie Kiki, die

Reitlehrerin, energisch klargemacht hatte. Beide Männer hatten schuldbewusst genickt und sich aus der Reichweite ihres Zorns entfernt. Das funktionierte bei Menschen anscheinend genauso wie bei Pferden.

Ich machte die anderen auf meine verhaltensbiologische Beobachtung aufmerksam. Die waren aber nur mäßig an meinen Erkenntnissen interessiert. Diese Ignoranz ist und bleibt mir unerklärlich. Da hat man schon mal einen zweiten James Bond bei sich im Stall und ignoriert ihn einfach. Die würden schon noch sehen, was sie davon haben. Ich machte mir eine mentale Notiz und ging zum Tagesgeschäft über.

„Und? Was machen wir heute noch Aufregendes? Brechen wir aus und plündern die Futterkammer?", fragte der ewig hungrige Faxe, der seinen Hang zum Mundraub nicht verleugnen konnte.

„Nicht schon wieder", gähnte Else. „Beim letzten Mal wurden wir sofort erwischt und haben danach drei Tage nur halbe Rationen gekriegt, weil die Menschen Angst hatten, wir hätten uns überfressen."

„Lächerlich. Also ob in der armseligen kleinen Futterkammer genug Futter für uns alle wäre", erklärte Faxe.

„Gottseidank bin ICH nicht dick", erklärte Else mit einem vielsagenden Blick auf Faxes Bauch.

„Aber auch kein Detektiv. Sonst wüsstest du nämlich, dass man sich in die Perspektive der Verbrecher hineinversetzen muss", nahm ich meinen getreuen Helfer in Schutz.

„Ja, mein kluges Puschelöhrchen", zirpte Else.

Keine Ahnung, was daran so lustig war, dass die ganze Reihe Pferde in meckerndes Gelächter ausbrach.

4. Kapitel, in dem sich Dana und Melanie über den toten Tierarzt unterhalten und Oberkommissar Fritz seinerseits die Ermittlungen aufnimmt

„Oh mein Gott, schon wieder eine Leiche! Wie furchtbar!" Dana war außer sich.

„Manchmal glaube ich, die Leute kommen zum Sterben hierher." Melanie nahm die Neuigkeit relativ gefasst auf.

„Also ich nicht. Ich komme hierher, um mich zu entspannen. Und wenn da dauernd tote Leute rumliegen, regt mich das ganz fürchterlich auf!"

„Ist ja nicht dauernd. Und außerdem lag der nicht, sondern saß. Im Auto."

„Ist das nicht eklig? Stell dir vor, der saß da den ganzen Tag in seinem Auto und war mausetot."

„Das weiß man ja nicht, wie lang der schon tot war. Außerdem bist du doch diejenige, die ihm letztens noch Pest und mindestens Cholera an den Hals gewünscht hat, weil er Sunset falsch behandelt hat und die dann eingeschläfert werden musste."

„Ja, überleg mal – die hatte eine Kolik und er hat ihr Globuli gegeben und gesagt, das wird von allein besser. Ohne Worte."

„Doktor Stepp-Hahn Schönholz, der alte Süßholzraspler", sinnierte Melanie. „Der Tierarzt, dem die Frauen vertrauen. Weil er so eklig - ölig um sie herumsäuselt."

„Du immer mit deinen Spitznamen. Er hieß Stephan."

„Sag ich ja. Stepp-Hahn. Der eitle kleine Gockel."

„Direkt hässlich war er ja nicht", meinte Dana.

„Aber dafür unpünktlich und unfähig. Und er hatte komische Ansichten. Zum Beispiel hat er nix vom Impfen gehalten, wusstest du das? Er meinte, daran würde nur die Pharma-Industrie verdienen."

„Echt jetzt? Und das als Tierarzt!"

„Er konnte wohl gut erklären, warum die meisten Impfungen nix nutzen. Jedenfalls seiner Meinung nach. Was er auch gut konnte, war, Pferde falsch zu behandeln. Siehe Sunset. Oder Piccolina. Die hat er auf Bindehautentzündung behandelt und es war periodische Augenentzündung."

„Das wusste ich gar nicht. Periodische Augenentzündung ist doch total gefährlich!"

„Piccolina ist ja seitdem auch auf dem kranken Auge blind."

„Krass. Vielleicht ist es doch gar nicht so schlimm, dass Dr. Schönholz jetzt keine Pferde mehr falsch behandeln kann." Dana konnte bei Bedarf durchaus meinungsflexibel sein. Das hatte sie in ihrem Beruf gelernt, wo sie regelmäßigen Kontakt zu Politikern, Möchtegern-Politikern und anderen wichtigen Menschen hatte. Früher hieß das, was sie den ganzen Tag lang tat, Beschwerdemanagement. Irgendeiner dieser wichtigen Menschen hatte diese Bezeichnung jedoch extrem uncool gefunden, weshalb der Bereich auf den Namen Customer Feedback Management umgetauft worden war. Damit spielte die bergische Kleinstadt nach Meinung der städtischen Honoratioren in derselben Liga wie New York und San Francisco. Also fast.

„Also mir wird Stepp-Hahn Schönholz nicht fehlen. Fachlich hatte der echt nix auf der Pfanne."

„Weiß man jetzt eigentlich, woran er gestorben ist? Vorhin wollte ja keiner was sagen."

„Ich glaube, die wissen es selber nicht. Verdacht auf stumpfe Gewalteinwirkung, habe ich gehört. Entweder er hat sich selber den Kopf angehauen und ins Auto gesetzt, wo er dann den Löffel abgegeben hat, oder jemand wusste, dass der Doc hier ist und hat nachgeholfen. Das war dann wohl ein tödlicher Tierarzttermin", spekulierte Melanie genüsslich.

„Du abgezocktes, blutrünstiges Weib! Ich finde das total schlimm und ekelhaft."

„Wenn ich mich jetzt aufrege, ändert das doch nichts an der Sache."

„Du bist immer so ekelhaft ruhig!", echauffierte sich Dana.

Melanie zuckte gelassen mit den Achseln. „Der Doc war aber anscheinend schon länger tot. Tine hat erzählt, dass der Notarzt irgendwas von Totenstarre gemurmelt hätte, und die tritt ja nicht sofort ein." Als Bibliothekarin war sie für gewöhnlich gut informiert und hatte sich zudem durch eifrige Krimilektüre weitergebildet.

„Und dann stand das Auto mit der Leiche drin den ganzen Tag hier rum?"

„Könnte so gewesen sein. Die Polizei ermittelt bestimmt noch wie wild."

„Aber schon komisch, dass das keiner gemerkt hat, oder? Hier sind doch den ganzen Tag Leute. Das Auto müsste doch irgendjemandem aufgefallen sein."

„Also zum einen ist es ja gar nicht raus, ob das Auto wirklich den ganzen Tag lang hier stand."

(„Doch, stand es", murmelte ich. Aber so leise, dass mich keiner hören konnte. Ich bin ja kein Angeber, der mit seinem Insiderwissen prahlt.)

„Und zum anderen war es ja nicht ungewöhnlich für unseren Stepp-Hahn, irgendwo zu parken und mit seinen Kundinnen zu telefonieren. Und natürlich Termine zu planen, Laborbefunde abzurufen und so weiter."

„Stimmt auch wieder", gab Dana zu. „Aber mal ganz was anderes. Ich habe heute Indiana Jones getroffen!!!"

„Wie jetzt – Harrison Ford? Lebt der eigentlich noch?"

„Ich glaube schon. Nein, ich habe Indy getroffen!!! Besser gesagt, seinen Doppelgänger. Der sieht O-RI-GI-NAL aus wie Indiana Jones und hat auch schon alles gemacht und alles gesehen. Und er ist total nett und gar nicht alt und ich arbeite mit ihm zusammen", schloss Dana ihren aufgeregten Bericht.

„Gar nicht alt? Indiana Jones?" Melanie plusterte die Backen auf.

„Na ja, so mittelalt. Aber auch irgendwie cool. Weißt du, der hat eine irre Ausstrahlung."

„Und wahrscheinlich immer diesen Hut auf, damit man seine Plääte nicht sieht."

„Ich glaube nicht, dass er eine Glatze hat."

„Alte Männer frieren leicht am Kopf", kommentierte Melanie sachkundig.

„Egal. Er ist total interessant und ich frage mich, was so einer ausgerechnet in Meisenwald zu suchen hat. Wohnen tut er übrigens in Diepenrode", erinnerte sich Dana.

„Das ist ja eine ganz schöne Strecke bis Meisenwald. Was arbeitest du denn so mit ihm zusammen?"

„Wir organisieren das Feuerwehrfest. Zusammen mit Knöllchen- und Abschlepp-Brösmann. Die beiden sind Freunde. Verrückt, oder? Der einzige wirklich interessante Mensch weit und breit ist ausgerechnet mit Friedhelm Brösmann befreundet!"

„Vielleicht sind die beiden zusammen zur Schule gegangen oder so. Ich wusste gar nicht, dass du eine Schwäche für alternde Action-Helden hast."

Dana streckte Melanie die Zunge heraus. „Nur kein Neid. Indy ist viel jünger als Brösmann. Aber zurück zum toten Tierarzt: Ist es nicht wie verhext? Kaum geht man mal arbeiten, tauchen massenhaft Leichen im Stall auf." Sie hatte sich jetzt lange genug zusammengerissen, fand sie. Jetzt konnte sie wieder aufgeregt sein.

„Nur eine."

Bibliothekarinnen konnten ganz schön pingelig sein, dachte Dana. „Ja schon, aber das ist eigentlich schon eine zu viel."

„Letztes Mal hast du dich zuerst auch so angestellt und später viel Spaß mit deinem eigenen Polizisten gehabt."

„Mein eigener Polizist? Du spinnst wohl. Ich habe ihm ein bisschen bei seinen Ermittlungen geholfen[1]. Ohne mich war der ja komplett hilflos."

„Essen gegangen seid ihr auch."

„Ich bin aber auch mit Felix essen gegangen. Oder mit dir. Ich esse halt gern", rechtfertigte sich Dana.

„Ich weiß", seufzte ich. Ein Reitpferd bezieht seine diesbezüglichen Erkenntnisse schließlich aus erster Hand. Faxe guckte mich an. Ich guckte Faxe an. „Stimmt doch, oder? Das kleine Moppelchen. Dauernd muss man galoppieren und sportlich sein, und wer sitzt einem im Kreuz? Eine kleine dicke Frau."

„Und was macht Gustav jetzt so?"

„Guntram. Er heißt Guntram. Keine Ahnung, was der gerade macht. Ich hab' ihn schon ewig nicht mehr gesehen. Er wurde versetzt, weil er bei irgendeiner wichtigen Ermittlung helfen sollte. Weiß gar nicht, wie er das ohne mich schaffen soll."

„Vielleicht hilft ihm ja jetzt jemand anders." Felix Freistädter, Westernreiter und selbsternannter Frauenversteher, war unbemerkt dazu gekommen. Ihm gehörte Peppy, die hübsche Quarterhorse-Stute. Felix selbst war auch attraktiv – *ein Schönling halt. Wer's mag* – und hatte aus seiner letzten Beziehung noch beste Kontakte in die Düsseldorfer und Kölner Schicki-Micki-Szene. Wegen

---

1 Pfridolin Pferd, *Tod im Misthaufen*

seines unverschämten Selbstbewusstseins war er Dana gehörig auf den Geist gegangen. Bei den Ermittlungen rund um den letzten Todesfall auf dem Petershof hatte sich aber herausgestellt, dass er eigentlich doch ein ganz netter Kerl war. *Aber nur, weil er die richtige Einstellung zu Pferden hat, nämlich meine.*

„Schade eigentlich, ich hatte ihn gerade so gut angelernt", bedauerte Dana.

„Woran ist denn der Tierarzt gestorben? Weiß man schon irgendwas?" Auch Felix war neugierig. Faxe und ich hätten ich ihn da korrigieren können: Männer – und dazu zählen auch Fast-Hengste – sind nie neugierig, sondern interessiert. Oder wissbegierig. Weshalb wir gewissenhaft jede Unterhaltung auf der Stallgasse belauschten. Nur im Interesse der Wahrheit, versteht sich.

„Diese Polizisten sagen einem ja nie was. Es gab kein Blut, also war es stumpfe Gewalteinwirkung. Oder ein Herzinfarkt."

„Vielleicht auch Gift?" Melanie machte große Augen.

„Die Gerichtsmedizin wird es schon herausfinden. Fest steht eigentlich nur, dass Dr. Schönholz tot in seinem Auto gefunden wurde."

„Vielleicht ist er auch erstickt. Wonach stinkt's hier eigentlich? Ist das dein neues Aftershave?"

Felix hüstelte verlegen. „Das ist Peppys neues Fliegenspray. Ich glaube, ich muss das Rezept noch verfeinern."

„Gute Idee. Versuch's mal mit einem Kilo Knoblauch weniger." *Jeden Tag eine gute Tat*, dachte Dana vergnügt. *Er könnte sich ruhig etwas mehr über meinen Tipp freuen. Aber er ist ja aus Wiesbaden, da freut man sich anscheinend mehr so innerlich.* Das nachfolgende Gespräch drehte sich um die verschiedensten Fliegensprays und diverse Rezepturen zur häuslichen Herstellung derselben. Erörtert wurden Wirkung, Geruch, Design der Sprühflasche (Dana: „Ich kauf immer die mit dem hübschesten Etikett!") und davon abhängig auch die Anwendbarkeit für Pferd und Reiter beziehungsweise Reiterin.

„In dem Zusammenhang ist vielleicht auch die Haltbarkeit interessant", dozierte Melanie. „Dieses hier", sie schwenkte eine Sprühflasche in der Luft herum, „stinkt abartig und ausdauernd. Auch nach dreimal Duschen ist man weitgehend mücken- und fliegenfrei, hat aber gleichzeitig keine sozialen Kontakte mehr. Im Bus bekommt man aber immer einen Sitzplatz." Alle ließen das Bild auf sich wirken.

In die kurze Gesprächspause drang das Geräusch von Autoreifen auf Kies.

„Wer kommt denn so spät noch in den Stall?"

„Die Polizei, dein Freund und Helfer!", antwortete eine gutgelaunte, nicht unbekannte Stimme.

„Guntram!", rief Dana.

„Du darfst auch Herr Polizeioberkommissar sagen", bot der Neuankömmling freundlich an. Guntram Fritz war frisch befördert worden und sehr stolz auf sich und seine Leistungen. Das erste Mal hatte es ihn im Frühjahr auf den Petershof und damit auch in die Pferdewelt verschlagen, und nicht zuletzt dank Dana hatte er

Fliegenspray à la Felix

1 l	Essig (kein Obstessig!)
10-20	Knoblauchzehen
20 Tropfen	ätherisches Öl (zum Beispiel Citronella oder Lavendel)

Essig in eine Schüssel oder Flasche füllen. Die Knoblauchzehen schälen und mit der Knoblauchpresse zerkleinern, alternativ auch kleinschneiden und mit der Gabel zerdrücken.

Knoblauch in den Essig geben.

Das Gemisch zwei bis drei Tage stehen lassen und dann durch ein Sieb gießen. Nun das ätherische Öl dazugeben und die Mischung in eine Sprühflasche abfüllen.

Vor Gebrauch unbedingt einen Allergietest an einer unempfindlichen Stelle machen!

Fliegenspray für Pferdebesitzer, die einen Sitzplatz im Bus wollen und generell nicht an sozialen Kontakten interessiert sind

200 ml Tieröl (Oleum animale aus der Apotheke)
800 ml Babyöl

Zutaten vermischen, in eine Sprühflasche geben und sehr vorsichtig anwenden.
Vor Gebrauch unbedingt einen Allergietest an einer unempfindlichen Stelle machen!
Vorsicht! Das Fliegenspray färbt stark ab und ist deshalb nicht für helle Pferde geeignet.

Gefallen daran gefunden. Bevor er sich jedoch ernstlich zu Reitstunden oder anderen Pferde- oder Pferdebesitzerinnennahen Aktivitäten hinreißen lassen konnte, war er zu einem Sondereinsatz in Hintertupfingen vergattert worden.

„Wollte doch mal nachschauen, was hier in der Brutstätte des Verbrechens los ist. Die Gerüchteküche weiß, dass ihr hier wieder einen ungeklärten Todesfall habt und ich kam zufällig gerade vorbei."

„Soso, zufällig."

„Ja, mein letzter Fall ist abgeschlossen und wo ich doch Gründer und einziges Mitglied der SOKO Pferd bin, bietet sich das ja förmlich an. Also quasi. Irgendwie."

Er verhaspelte sich.

Dana, Melanie und Felix sahen ihn an. Faxe und ich auch. Meine anderen Pferdekollegen sind ja bekanntlich nicht sonderlich schnell von Kapee und behielten die Nasen im Heu.

„Guntram", begann Dana.

„So heiße ich", gab der zu.

„Wir haben dir ja im Frühjahr so großartig geholfen. Also nicht alle hier" – sie warf Felix einen bösen Blick zu – „aber doch viele. Manche. Zum Beispiel ich."

„Ja?"

„Und wir wüssten halt zu gern, was jetzt gerade so anliegt. Ermittlungstechnisch und überhaupt." Sie lächelte – hinreißend, wie sie fand.

Fand Guntram auch, wollte das aber nicht zeigen und tat nachdenklich. „Im Moment noch nix Konkretes.

Tod durch stumpfe Gewalteinwirkung, das war relativ offensichtlich. Den Rest müssen die Spurensicherung und die Gerichtsmedizin noch herausfinden. Der Tote ist ein gewisser Dr. Stephan Schönholz. Was war denn das für einer?"

Bevor das jetzt irgendwie rhetorisch ausufern konnte, bollerte ich mit dem Vorderbein gegen die Boxentür. Schließlich war ich hier die Hauptperson und obendrein verletzt. Anklagend hob ich der Frau mein Bein entgegen. Wenn man sich Mühe gab, konnte man sogar erkennen, dass es ein bisschen dick geworden war. Was man aber ohne Mühe und mit dem bloßen Auge sehen konnte, war das verlorene Hufeisen. Also dass da keines mehr war, wo eigentlich eins sein sollte.

Dana heulte kurz auf und bedeckte die Augen. „Und es hätte so ein schöner Abend werden können. Ich wollte so gern Dressur reiten und Seitengänge üben."

Ich aber nicht. Ätsch.

Faxe guckte neidisch. Leider hatte er keine Hufeisen, die er sich ausziehen konnte. Seine Hufe waren steinhart und wuchsen so schnell, so dass er keinen Hufschutz brauchte und theoretisch jeden Tag arbeiten konnte. Oder seinem besten Freund vors Bein treten, damit der nicht am Dressurreiten teilnehmen musste.

„Und den Schmied erreiche ich doch um diese Uhrzeit auch nicht mehr! Ach, mein Leben ist ein Trümmerhaufen", wehklagte die Frau. Felix bot Trost an, verschwand aber nach einem weiteren bösen Blick – dieses Mal von Guntram – von der Bildfläche.

„Der arme Pfridolin. Jetzt hat er reitfrei", bedauerte mich Melanie. Ich guckte sehr traurig und staubte noch zwei Leckerli ab. Fast hätte ich mir selbst leidgetan. Zwei, drei Tage nur gechillt auf der Weide rumstehen und essen. Das Leben kann so grausam sein.

„Else, tu mal Heulage", ordnete ich an. Mit Companero, ihrem Vormieter, hatte das nämlich immer prima geklappt. Aber Else weigerte sich, ihre Futterration näher an die Trennwand zu schieben. „Ich bin nämlich arm und du zu dick."

Dafür, dass ich Else nun schon so lange kenne, unterschätze ich ihre Geschwindigkeit immer noch. Für ihre Größe und ihr Gewicht hat sie nämlich verdammt schnelle Zähne. Au. Dana und Melanie kamen gerade mit dem Erste-Hilfe-Set für Aua-Beine (Hufschuh, Watte, weiße Paste zum Kühlen) aus der Sattelkammer. Dana verdrehte die Augen und drehte sich wortlos wieder um, um Blauspray zu holen. Manchmal fühle ich mich gemobbt.

Während die Frau an mir herumhantierte und ich somit Opfer eines unqualifizierten medizinischen Eingriffs wurde, stand mit einem Mal Tine auf der Stallgasse. „Ich hatte … nur etwas vergessen", stotterte sie.

„Macht ja nix", antwortete Guntram. „Und wo Sie schon mal da sind, können wir uns ja auch gleich ein bisschen unterhalten. Guntram Fritz mein Name, SOKO Pferd."

„Tine Schubert. Ich bin Pferdephysiotherapeutin und habe vorhin John-Boy behandelt. Als dann die ganze Aufregung mit Dr. Schönholz anfing, habe ich wohl meine Magnetfelddecke hier vergessen. Ach, da liegt sie ja." Sie ergriff die Tasche mit der Decke darin und wollte sofort wieder verschwinden.

„Stimmt es eigentlich, dass Mörder immer wieder zum Tatort zurückkehren?"

„Was?" Tine wurde kreidebleich. Mit einem dumpfen Geräusch fiel die Tasche zu Boden.

Ups. Treffer versenkt. So ein Profi hat ja doch ganz ausgefuchste Verhörmethoden, dachte Dana.

„Das war doch nur ein Scherz. Ich bin der Guntram. Sollen wir du sagen?" Er schüttelte Tines zittrige Hand.

Haha, sehr komisch. Und für sowas zahl ich Steuern. Dana sah Melanie an. Die zuckte die Achseln.

Tine hatte sich anscheinend wieder beruhigt und konnte in ganzen Sätzen sprechen. Ja, sie hatte die Leiche gesehen, aber nicht als Erste. Das war die schreiende Frau gewesen.

„Dolores Degenhardt", sagte Guntram gemütlich. „Dr. Schönholz' Verhältnis. Wir haben sie schon befragt."

„Das war Dolores Degenhardt?", fragte Tine entgeistert. „Und die war Schönholz' Verhältnis? Jetzt wird mir so einiges klar."

„Also mir nicht. Erzähl doch bitte mal von vorn."

Dana und Melanie lauschten so gebannt, dass sie glatt als Bestandteil der Stalleinrichtung durchgingen. Ich konnte mich gar nicht daran erinnern, dass die beiden in ihrem bisherigen Leben schon mal gleichzeitig geschwiegen hatten. Ein schöner Moment.

Ich sah an mir herunter. Mein Bein war mit weißer Paste eingekleistert, und um den Huf trug ich einen unschönen Gummischuh, der meinen hufeisenlosen Fuß schützen sollte. Möglicherweise würde ich meine schwere körperliche Verletzung überleben. „Mimimi", machte Faxe auf die ihm eigene gefühllose Art. Ich streckte ihm die Zunge raus und machte eine kurze Bestandsaufnahme.

Intellektuell war ich – wie so oft eigentlich – unterfordert. Dass ich ein Hochleistungsgehirn habe, das zu den bestechendsten Schlussfolgerungen fähig ist, hatte ich wiederholt unter Beweis gestellt. Außerdem hatte ich bis zum nächsten Besuch des Hufschmieds reitfrei, also auch ausreichend Muße. Ich beschloss also kurzerhand, bis dahin den Fall des toten Tierarztes aufzuklären. „Der Fall des toten Tierarztes", so hatte ich die laufenden Ermittlungen getauft. Wir Meisterdetektive geben unseren Fällen nämlich Namen.

Und warum? Weil ich's kann, darum. Schuldet ein Mastermind geringeren Geistern Rechenschaft? Eben. Ich dachte an andere geniale Verbrechensaufklärer und fühlte mich wohl in ihrer Mitte. Ich mit dem Body eines Sherlock Holmes und dem Verstand eines James Bond. Oder ist es andersrum? Egal.

Tine berichtete. Wie wir mittlerweile wussten, kümmerte sie sich regelmäßig um John-Boy und war für Massage und Wellness-Behandlungen zuständig. Früher hatte sie viele Kunden aus allen Sparten der Reiterei gehabt und auch sehr erfolgreiche Sportpferde betreut. Konrad nickte. Ich weiß aber nicht, ob das an Tine lag oder ob er sich wieder in einer imaginären Arena sah.

„Für Konrad habe ich auch Turnierservice gemacht. Das ist der Braune dort drüben rechts."

Konrad brummelte bestätigend.

„Da hat dich wohl jemand in guter Erinnerung", meinte Guntram. „Und wieso ist das nicht so weitergegangen?"

„Die Kunden blieben weg. Manche haben gar keinen Grund genannt, andere sagten, ich wäre zu teuer und wieder andere sagten, ihr Tierarzt hätte ihnen jemand anderen empfohlen."

„Und dieser Tierarzt war ...?"

„Dr. Schönholz. Es hat ja doch keinen Sinn, zu lügen. Dr. Schönholz hat mir das Geschäft kaputtgemacht. Er hat den Besitzern meiner Kundenpferde geraten, zu Dolores Degenhardt zu wechseln, weil die einen anderen Therapieansatz und bessere Behandlungserfolge hätte. Er hat es vielleicht nicht allen gesagt, aber von mehreren weiß ich es definitiv. Außerdem hat er bei anderen immer schlecht über meine Arbeit gesprochen. Ich wusste nie warum, aber seit ich weiß, dass er ein Verhältnis mit Dolores Degenhardt hatte, ist mir alles klar. Er hat seinem Schätzchen die Kunden zugeführt und mich fast ruiniert", schloss Tine verbittert ihren Bericht.

Melanie und Dana, die sich bisher zurückgehalten hatten, machten anteilnehmende Geräusche.

„Und wann ging das los?"

„Kurz nach dem Fernsehinterview. Damals war ich wirklich gut im Geschäft, und ein Privatsender hat ein längeres Interview mit mir gemacht. Das hatte vielleicht auch damit zu tun, dass ich das Pferd des Kameramannes behandelt hatte und er für mich Werbung machen wollte. Remus hatte viele Blockaden, die ich nach und nach gelöst habe, so dass er sich wieder schmerzfrei bewegen konnte. Sein Besitzer hat sich sehr darüber gefreut. Und dann hab ich im Interview viel über mich und meine Behandlungsmethoden erzählt, was den Leuten offensichtlich gefallen hat.

Immerhin bin ich nicht nur Pferdephysiotherapeutin, sondern auch Menschenphysiotherapeutin, habe also eine staatlich anerkannte Ausbildung und weiß ganz gut, was ich tue. Nach dem Sendetermin hatte ich kurzfristig ganz viele Behandlungsanfragen und mit einem Mal so gut wie keine mehr. Das lag aber mit Sicherheit nicht daran, dass die Pferde alle mit einem Mal gesund waren. Ich habe vielmehr um fünf Ecken herum gehört, dass jetzt ALLE zu einer neuen Therapeutin mit ganz tollen, neuartigen Therapieansätzen gehen würden. Die würde auch Lichttherapie und Aurentherapie und natürlich auch Chakrentherapie machen und insgesamt total ganzheitlich wirken. Geistheilerin ist sie auch, und die Besitzer behandelt sie bei Bedarf gleich mit."

„Lass mich raten, wer das war – Dolores D. und Stepp-Hahn S.", entfuhr es Dana, die sich beim besten Willen nicht mehr zusammenreißen konnte.

„Ja genau. Und da behandle ich mir auf seriöse Weise den Arsch ab, nur damit meine Patientenpferde von einer Quacksalberin übernommen werden. Wenigstens hat sie einen Kurs im Internet gemacht. Und die Heilergabe von ihrer Oma geerbt."

„Mehr muss man nicht können, um Pferde zu behandeln?" staunte Guntram.

„Die meisten Berufsbezeichnungen sind nicht geschützt, da kann sich praktisch jeder dran versuchen. Aber die wenigsten Pferdebesitzer wissen das. Und wenn dann auch noch der Tierarzt eine Empfehlung ausspricht…", zuckte Tine die Achseln.

„Und du kanntest Dolores Degenhardt wirklich nicht? Du musst sie doch gehasst haben!"

„Das ist ganz einfach: Wo Dolores war, war ich nicht mehr. Sie kann anscheinend sehr überzeugend sein und hat die Pferdebesitzer sehr für sich eingenommen. Wohingegen ich es besser mit den Pferden kann. Wir haben niemals im gleichen Stall gearbeitet. Umso merkwürdiger, dass sie hier aufgetaucht ist. Hier habe ich nämlich meine treuesten Kunden."

„Bestimmt wollte sie sich mit Dr. Schönholz treffen", mutmaßte Guntram.

Und ihn umbringen?, dachte Dana. Nicht nur Tine hatte es zum Tatort zurückgezogen. Andererseits: Vielleicht hatte Dolores den Tatort aber auch nie verlassen und war einfach nur eine begnadete Schauspielerin? Wie aufregend! Das hier war doch viel spannender als jeder Fernsehkrimi.

„Bisher hat uns Frau Degenhardt noch nicht viel gesagt, aber wir werden sie natürlich weiter befragen", störte Guntram ihre Gedanken.

Tine gab Guntram für die weiteren Ermittlungen ihre Personalien und war dann samt Magnetfelddecke entlassen.

5. Kapitel, in dem es um gefälschte Ankaufsuntersuchungen und Möbeltischlerei geht

Mittlerweile war es nicht mehr ganz so heiß. Faxes Lebensgeister erwachten und er suchte Melanies Blick. Vielleicht hatte er aber auch einfach nur Hunger.

„Schade, jetzt ist es gerade so spannend. Aber Faxe hat sich so auf unseren Ausritt gefreut", verabschiedete sich Melanie, die einen halbwegs motivierten Tinker hinter sich herzog.

„Dicki muss Sport treiben", lästerte ich. Ich war ja leider, leider vom Schleppen befreit.

Faxe sah sich empört um. Ich lächelte ihm freundlich zum Abschied zu und spitzte die Ohren. Hier war es wesentlich interessanter als draußen im Wald, wo einem die Wölfe und Nordic Walker auflauern.

Endlich allein! Dana und Guntram sahen sich an. Stuti, Else und ich hingen an ihren Lippen.

„Du hast vorhin von der SOKO Pferd erzählt", eröffnete Dana das Gespräch. „Was ermittelst du denn da so?"

Guntram fand es zwar irgendwie schade, dass das Gespräch keine romantischere Wendung nehmen wollte, berichtete aber wunschgemäß und freute sich über Danas Interesse an dem Fall. Und vielleicht auch an ihm.

Folgendes war passiert: In Meisenwalde und nicht nur dort waren in letzter Zeit diverse Manipulationen beim Pferdekauf beobachtet und angezeigt worden. Die

Anzeigen kamen aus dem gesamten Bundesgebiet, eine sogar aus den USA. Alle verkauften Pferde hatten eines gemeinsam: Sie kamen aus Meisenwalde oder zumindest aus der Nähe.

Die Ankaufsuntersuchungen – kurz AKUs genannt –, die beim Pferdekauf durchgeführt worden waren, passten nicht zu den Pferden. So waren zum Beispiel Röntgenbilder vertauscht und in einigen Fällen sogar die falschen Pferde verkauft worden. Auch bei den Friesen des ortsansässigen Gestütes von Gerrit van de Velde war das mehrfach passiert. Guntram brauchte nun mehr Hintergrundwissen, wenn nicht gar Insiderinfos. All dieses und noch mehr erhoffte er sich nun von Dana. Und wer weiß, vielleicht hingen die beiden Fälle ja sogar zusammen. *Und wenn ihr mich fragt: So, wie der sie immer anguckt, will er sich garantiert an sie ranschmeißen. Ich bin ein Fast-Hengst, ich kenn mich mit sowas aus.*

„Kommst du mit Essen?" Felix steckte den Kopf durch die offene Stalltür. „Sorry, ich wollte nicht stören. Wenn ihr hier noch bei den Ermittlungen seid…" Er ließ das Satzende in der Luft hängen und guckte Guntram scheel an. Der sah zu Dana und die wiederum zu mir. *Vergesst es, Jungs. Gegen mich habt ihr keine Chance.*

„Ja, hier wird noch ermittelt. Bundesweit. Nein, sogar international."

Felix konnte diese Wichtigtuerei nicht ertragen und wollte selbst im Mittelpunkt stehen: „Ohne Zeugenvernehmungen kann man ja gar nicht ermitteln. Und schon gar nicht hier auf der Stallgasse."

„Na dann fangen wir doch gleich mal mit dir an",
sagte Guntram, der eine Steilvorlage erkannte, wenn er
sie sah. In gemütlichem Tonfall: „Was kannst du mir
denn alles erzählen? Du hast doch gerade Zeit, oder?
Und wonach stinkt's hier eigentlich?"

Dana verschwand grinsend. Wenig später hörte ich
ihr Auto vom Hof fahren.

„Selbstgemachtes Fliegenspray. Über den toten Tierarzt weiß ich nix", antwortete Felix kurz angebunden.

„Das ist ja schade. Und sonst? Was macht die Möbeltischlerei? Erzähl doch mal, ich hab nämlich auch Zeit."

„Die neuesten Trends in Hotels sind geschwungene
Formen in Rosenholz. Und klare Kontraste mit Wenge.
So präsentiert sich das Schloßhotel Wiedenhof in neu-
em Glanz – Umsetzung durch die Möbelmanufaktur
Wunderwerk. Im Ladenbau dagegen ist Vogelaugenahorn
Trumpf – gesehen im Lifestyle-Tempel La Marsellaise in
Köln. Auch hier hat Wunderwerk ein Wunderwerk ge-
schaffen. Beim Innenausbau von Yachten sind stylische
Aspekte Nebensache – hier geht es nur um den Wohl-
fühlfaktor. Natürlich nachhaltig", leierte Felix gelangweilt
und betont cool seinen Werbeprospekt herunter.

*Merkt der denn nicht, dass er hier überflüssig ist und sich
Dana nur für mich interessiert? Ok, und für ihr Pferd,* dachte
Guntram.

Felix war nämlich nicht nur Frauenversteher und
Westernreiter, sondern auch Schreiner. Eigentlich Sohn
reicher Eltern, hatte er irgendwann beschlossen, sich fi-
nanziell auf eigene Füße zu stellen. Nach einer Tisch-

lerlehre hatte er zusammen mit seinem Geschäftspartner Marc die Möbeltischlerei *Wunderwerk* eröffnet und sich so fern vom heimischen Wiesbaden eine kreative Oase erschaffen. Wunderwerk war in Obermiesbach, zwei Dörfer von Meisenwald entfernt. Also hatte Felix nach reiflicher Überlegung den Petershof als neues Zuhause für Peppy ausgewählt, wo sie seitdem den Wallachen und Fast-Hengsten den Kopf verdrehte. Er selbst hatte ähnliche Pläne für Dana. *Dafür nehm' ich aber lieber ein anderes Fliegenspray.*

„Wir sind Experten für antike Möbel, deren fachkundige Restaurierung uns am Herzen liegt, und haben in letzter Zeit einigen erstaunlichen Stücke zum alten Glanz verhelfen können. Was sich allerdings gar nicht durchsetzen konnte, ist der Möbelkonfigurator, den wir eigens entwickelt haben. Damit konnten die Kunden ihre Möbel selbst planen."

Guntram, der sich für fast alles unter der Sonne interessierte, fragte neugierig nach: „Das war wahrscheinlich nicht exklusiv genug. Oder zu schwierig zu bedienen?"

Felix' Magen knurrte vernehmlich, aber er hielt die coole Nummer durch. Leider war Guntrams Interesse echt und seine Fragen nach dem Tischlerhandwerk nahmen kein Ende.

„Habt ihr euch denn vergrößert? Ich kannte euch nur als Möbeltischlerei und nicht als Manufaktur."

Felix verfluchte seine eigene Blödheit und noch viel mehr seinen knurrenden Magen. Als Guntram dann fragentechnisch wieder auf Dr. Schönholz zu sprechen kam, gab er auf.

Anfänger, dachte ich. *Gegen Guntram hast du keine Chance, der ist mein menschliches Gegenstück.* Also nicht, dass ich was von ihm lernen müsste, eher umgekehrt. Immerhin weiß ich selbst am besten, wie man süß guckt und Dana um den Huf äh Finger wickelt. Aber Guntram schien mir der ranghöchste Wallach bei den Menschen zu sein. Felix knickte nämlich körpersprachlich ganz schön ein. *Wenn das so weitergeht, fragt er gleich, ob er bei Guntram Fellchenkraulen machen darf, um sich einzuschleimen. Ts.*

Es stellte sich heraus, dass Dr. Schönholz Felix' Stute nie behandelt hatte und er ihn auch sonst nur flüchtig kannte. „Er war halt öfters hier und hat Pferde behandelt. Ansonsten kenne ich nur die Gerüchte über ihn – dass er Pferde falsch behandelt hat und Impfgegner war. Die Gerüchte kannte eigentlich jeder. Aber irgendwie hat er trotzdem seine Kunden behalten und auch neue dazugewonnen. Wenn der auf den Hof gefahren kam, hatte er direkt eine Menschentraube um sich. Wenn einer beruflich mit Pferden zu tun hat und gut erzählen kann, ist das so. Und wenn er dazu noch halbwegs gut aussieht, rennen ihm die Weiber die Bude ein."

Guntram war beeindruckt. „So funktioniert das also bei Pferdebesitzerinnen?"

„Nicht bei allen, aber Dr. Schönholz hatte dauernd attraktive weibliche Kundschaft."

„Höre ich da ein Quäntchen Neid oder Verbitterung heraus?" Guntram machte sich eine Notiz, eifersüchtige Ehe- oder sonstige Partner zu überprüfen.

Felix grinste. „Sehe ich so aus? Nein, das ist nur eines dieser Reitstallphänomen, die man sich nicht erklären kann."

„Versteh' einer die Frauen", seufzte Guntram. Felix nickte. Da waren sich die beiden ausnahmsweise einmal einig.

„Höhöhö." Ich musste lachen.

„Das war doch der Pfridolin! Wie schön, er kennt mich noch." Guntram kam zu meiner Box, um mich zu tätscheln. „Aber schlimme Frisur, das." *Wem sagst du das. Erst verunstaltet sie mich und dann lässt sie mich Schwerverletzten einfach allein.*

„Dana hat es halt gern ordentlich. Und schön schief", grinste Felix. Und so kam ich zu einer Extrarunde Mitleid und Aufmerksamkeit, bevor Felix' knurrender Magen ihn schlussendlich doch noch an seinen einsamen Futtertrog trieb.

In der Nacht wurde ich von Geräuschen geweckt, die ich nach einiger Überlegung entweder als Elses knurrenden Magen oder Faxes erfolglosen Kampf mit seinem Heunetz abtat.

6. Kapitel, in dem ein Minishetty mit engelsgleichem Augenaufschlag und ein Dackelwelpe namens Dieter auftauchen. Außerdem wird kräftig ermittelt.

Am nächsten Tag war Blacky weg. Oder vielmehr: Er hatte sich verwandelt. Aus dem frechen Schimmelzwerg mit der undeutlichen Aussprache, der einem überall im Weg war, war eine wunderschöne hellbraune Minishettystute mit wallender Mähne und engelsgleichem Augenaufschlag geworden. Bella hieß sie. Faxe, der wie üblich so tat, als wüsste er Bescheid, erklärte, Blacky wäre spontan zu seiner Freundin auf den Nachbarhof gezogen und Bella würde seine Nachfolge beim Möhrenausliefern übernehmen. *Hoffentlich tut sie sich dabei nicht weh. Sie sieht aus wie ein Reh. Ich glaube, ich bin verliebt.*

Kikis Version der Ereignisse hörte sich nur geringfügig anders an. Danach hatte Marie Blacky eingetauscht. Weil der ohnehin dauernd zum Nachbarhof ausgebüxt war, dachte sich Marie, dass Blacky bestimmt glücklicher wäre, wenn er direkt dort wohnt. Bella war das jüngste und frechste Pony dort, weshalb die Stallbesitzer ganz froh waren, dass sie Bella gegen Blacky eintauschen konnten.

Kiki gab Melanie nämlich gerade Reitunterricht und ließ sich dabei geduldig Löcher in den Bauch fragen. Und weil ich bekanntlich Ohren wie ein Luchs habe, nur halt viel niedlicher, konnte ich das eins zu eins mitverfolgen.

So ein Meisterdetektiv wie ich ist eben immer im Dienst. Nur über den toten Tierarzt wurde bisher nicht gesprochen. Aber das konnte ja noch werden.

„Warum ist das eigentlich alles so schwierig?", keuchte Melanie.

„Reiten ist koordinativ die anspruchsvollste Sportart. Und so richtig reiten kann man sowieso nie, weil man alles immer noch einen Hauch besser und feiner machen könnte", antwortete Kiki, die Melanies Klage nicht zum ersten Mal hörte.

„Vor allem das Nichtstun ist so schwer", beschwerte sich ihre Reitschülerin. *Komisch, ich hab da überhaupt kein Problem mit.*

„Wir Menschen sind in erster Linie Handwerker und anscheinend dann am zufriedensten, wenn wir irgendwas mit unseren Händen tun können. Einfach nur passiv dasitzen und mit der Hand GAR NICHTS machen ist sehr schwierig. Aber man kann es lernen. Dafür ist Impulsreiten viel pferdegerechter. Sprich, das Pferd in Ruhe zu lassen, wenn es alles richtig macht. Dauerndes Treiben stumpft nur ab, und das Pferd permanent im Maul zu stören, ebenso."

„Ich hab zuerst gedacht, Impulsreiten wäre eine eigene Reitweise", keuchte Melanie, die sich erfolglos darum bemühte, anmutig auf Faxe dahinzuschweben. Für mich sah das eher nach Bauchtanz aus. Vor allem bei Faxe.

„Ist es aber nicht, sondern einfach eine Bezeichnung dafür, dass man als Reiter nur dann einwirkt, wenn es nötig ist."

„Was hältst du denn eigentlich von unserem Mord-fall? Ich finde das ja sehr spannend. Wer könnte denn ein Motiv haben?" Melanie hatte Faxe zum Schritt durch-pariert und wollte eine Pause ergaunern, indem sie Kiki ablenkte.

„Ich hätte eins gehabt", bot Kiki an. „Damals, als Dr. Schönholz den Kleinen Onkel fast umgebracht hat." Kleiner Onkel war ein Knabstrupper, der genauso aussah wie das Pferd einer gewissen Pippi Langstrumpf. „Wobei ich mir hinterher gedacht habe, dass der Schönholz ver-rückt sein muss. Schizophren oder so. Er hatte auf jeden Fall eine ganz andere Wahrnehmung als andere Tierärzte. Der Kleine Onkel hatte damals einen ganz bösen Husten. Dr. Schönholz fand das aber gar nicht schlimm, sondern sagte, das wäre eine Ausdrucksform des Körpers. Es gäbe überhaupt keine Krankheiten, das wären alles nur Botschaften des Körpers oder der Seele. Das hört sich ja jetzt erstmal nicht gefährlich an, deshalb ließ ich ihn den Onkel behandeln. Husten wird ja bei Pferden sehr schnell chronisch – Stichwort COB, also chronisch-ob-struktive Bronchitis – …"

„Früher hieß das Dämpfigkeit", warf Melanie ein.

„Ja genau. Weil ich also Angst vor einem chronischen Lungenschaden hatte, hatte ich den Schönholz oft da. Der ließ mir so einen Zaubertee da, der aber irgendwie nix brachte."

„Zaubertee?"

„Ja, geheimnisvolle Kräuter, er wollte nicht sagen, was da drin war. Der Kleine Onkel fand den Tee zwar lecker, aber der Husten ging einfach nicht weg. Bis er dann so schlimm dran war, dass er mir fast erstickt wäre. Auch das fand Doktor Dumpfbacke nicht schlimm. Der Körper wollte sich halt ausdrücken und der Onkel hätte seiner Meinung nach ein psychisches Problem. Ich habe dann sofort einen anderen Tierarzt geholt, der den Onkel vernünftig medikamentös behandelt hat. Dann musste er noch ewig lange inhalieren und durfte nur nasses Heu fressen. Gottseidank hat er sich bekrabbelt und ist fast wieder der Alte. Damals hätte ich dem Schönholz am liebsten den Hals umgedreht. Und ich kann gut verstehen, dass ihn jetzt jemand gemeuchelt hat. Ich wundere mich nur, dass das erst jetzt passiert ist. Du hättest den Kleinen Onkel sehen sollen. Ein Pferd, das keine Luft mehr bekommt, ist kein schöner Anblick." Kiki hatte sich in Rage geredet. Ihre Augen blitzten.

„Unfassbar. Und das als Tierarzt!"

„Ich glaube ja, dass er verrückt war. Aber er konnte halt ganz prima reden und sich gut verkaufen. Und hässlich war er auch nicht. Ich kann mir schon vorstellen, dass viele unerfahrene Pferdebesitzerinnen auf so einen hereinfallen."

Kiki hielt kurz inne, um sich wieder zu beruhigen. Melanie und Faxe waren fasziniert neben ihr stehen geblieben. Einen solchen Gefühlsausbruch hatten sie bei der sonst so beherrschten Reitlehrerin noch nicht erlebt.

„Aber wir machen jetzt mit dem Unterricht weiter." Kiki war wieder Herrin der Lage und zurück im Reitlehrermodus. „Fass die Zügel ein bisschen nach und trabe

Faxe wieder an, aber so, wie wir das besprochen haben. Mit deiner Energie nämlich und nicht mit dem klopfenden Schenkel. Erst einatmen und aufrichten, und dann ein Impuls mit deinen Bauchmuskeln."

Das war interessant. Also nicht das Antraben, Kiki gab Dana im Unterricht genau dieselben esoterischen Anweisungen, die aber komischerweise zum gewünschten Erfolg führten. Nein, ich meinte das mit dem durchgeknallten Doktor. Der hatte sich ja anscheinend schon bei mehreren Pferdebesitzern so richtig unbeliebt gemacht. Ob Faxe das auch mitbekommen hatte?

Aber nein, der drehte schnaufend seine Runden. Manchmal hab ich das Gefühl, ich bin der Einzige, der hier aufpasst. Waches Köpfchen und so. Hat halt nicht jeder.

„Kiki hat kein Mordmotiv", rief ich ihm zu.

Faxe nahm das unbeeindruckt zur Kenntnis und stapfte schnaufend wie eine kleine Dampflok weiter. Falls er mir überhaupt zugehört hatte. *Manchmal fühle ich mich verkannt.*

Glücklicherweise hatte mir die Frau eine Extraportion Heu aufs Boxenpaddock serviert. Meine Laune besserte sich zusehends und ich sah meinem Tinkerkumpel und getreuem Adlatus entspannt dabei zu, wie er schwer atmend und von Fliegen umgeben den Reitplatz umpflügte. Es mag sogar sein, dass mir dabei ganz cool ein Stängel Heu von der Unterlippe baumelte. Faxe sah mich unfreundlich an. Ein Schweißtropfen rann langsam an ihm herab.

„Ermitteln ist total super. Man merkt die Fliegen gar nicht mehr. Solltest du auch mal probieren!", rief ich ihm aufmunternd zu. Seine Antwort war im Wesentlichen undankbar und nicht druckfähig. *Kann ja nicht jeder so ein sonniges Gemüt wie ich haben,* dachte ich und widmete mich wieder gutgelaunt meinem Imbiss.

***

Dana hatte das Gefühl, ihre Stallpflichten erfüllt zu haben und gönnte sich eine kleine Pause. Melanie hatte ihr vor der Reitstunde Dieters Leine zugeworfen und jetzt saßen beide im Halbschatten. Der Dackelwelpe hatte sie schweifwedelnd begrüßt und sich dann zum Schlafen in ihrem Schoß zusammengerollt.

Dieter war Melanies aktueller Pflegehund. Wenn Melanie nicht gerade Katzen rettete – auch gegen deren Willen –, kümmerte sie sich um alles andere, was da so kreucht und fleucht, und ihr neuester Pflegling war Dieter. Tagsüber kam er mit zur Arbeit, zuhause fürchtete er sich vor den Katzen und im Stall trachtete ihm Faxe nach dem Leben. Einfach so, weil er ihn nicht leiden konnte.

Und dabei ist er so niedlich, dachte Dana. So klein und immer gut gelaunt. Da könnte sich so mancher Mensch ein Beispiel dran nehmen. Mein Büromitbewohner zum Beispiel.

Dana weigerte sich hartnäckig, Herbert Dinkelfuss als Kollegen zu bezeichnen, denn das würde ja bedeuten, dass er eine gewisse Arbeitsleistung erbrachte. Herbert dachte aber gar nicht daran, in Hektik zu verfallen oder gar Schweiß zu vergießen. Auch heute hatte er frei erfundene Außentermine dazu genutzt, sich am späten Vormittag zu verdünnisieren ("Da krieg' ich wenigstens was erledigt. Der Stress bringt mich noch um!"). Dana hatte ihm noch "Schönen Feierabend!" nachgerufen, war aber insgeheim erleichtert, dass sie sein schlechtgelauntes Gesicht nicht länger ertragen musste.

Dinkelfuss brachte es nämlich fertig, sich stundenlang über kleinste Kleinigkeiten aufzuregen. Im Moment hatte er es mit den Fliegen, die bei geöffneten Fenstern – man will ja nicht ersticken – den Weg ins gemeinsame Büro fanden und ihm dort den letzten Nerv raubten. Was Dana ihrerseits den letzten Nerv raubte, weil sich nämlich der liebe Herbert eine Fliegenklatsche zugelegt hatte, mit der er in unregelmäßigen Abständen vor Danas Nase auf dem Schreibtisch herumschlug.

Von daher genoss sie die paradiesische Ruhe im Stall und kraulte Dieter, der im Schlaf leise vor sich hinwuffte. Dabei mussten ihr wohl auch die Augen zugefallen sein, denn als sie sie wieder aufschlug, war Melanies Reitstunde vorbei und Faxe auf dem Weg in seine Box.

***

Missgünstig betrachtete Faxe Dieter, der begeistert um Melanie herumschwänzelte: „Kennst du Liebe auf den ersten Blick?"

„Ja", seufzte ich und dachte an Bella.

„Genauso, nur andersrum."

Der kleine Dackel guckte nervös. Faxe schmiss sich geräuschvoll an seine Boxenwand und scheuerte sich. „Diese Fliegen bringen mich noch um. Wie machst du das bloß, dass du auf der Weide deine Figur hältst?"

„Zum einen durch die entwürdigende Fliegenmaske, zum anderen durch die entstellende Fliegendecke", zählte ich auf. „Die ist aber wenigstens nicht so hässlich wie Elses Vier-Mann-Fliegenzelt. Aber in ihrer Größe gab's wahrscheinlich keine normalen Decken mehr."

„Beziehungsstress?"

„Sie spricht nicht mehr mit mir. Das ist auch mal ganz entspannend", wehrte ich ab. „Und außerdem habe ich einen Engel gesehen!"

Faxe verdrehte die Augen. „Du weißt aber schon, dass Bella ein Minishetty ist, oder? Also zu klein und zu schlau für dich."

Typisch Faxe. Der unromantische alte Miesepeter. Was weiß so ein haariger Kloben denn schon von der Liebe.

***

„Danke fürs Hundesitten!" Melanie trat zu Dana, die sich aus der verknoteten Hundeleine zu befreien versuchte. *Das ist ja wie beim Longieren. Irgendwie bin ich ein Naturtalent.*

„Da doch nich' für", wehrte Dana ab. „Der Kleine ist einfach Zucker! Wie war deine Reitstunde?"

„Schwierig", Melanie wiegte nachdenklich den Kopf.

„Warum?"

„Dieses Impulsreiten ist total super, aber furchtbar schwer. Weißt du eigentlich, wie schwierig es ist, mal ausnahmsweise nichts zu tun?"

„Das ist doch total einfach! Einfach nur auf dem Pferd sitzen und die Beine baumeln lassen. So wie wir das beim Ausreiten immer machen", erwiderte Dana selbstsicher.

„Ich habe dich nach deinen Reitstunden auch schon anders reden gehört. Und nach dem Ausreiten auch. Ich erinnere mich zum Beispiel an das eine Mal, als du fast gestorben wärest, weil ein Trecker …"

„Kann gar nicht sein!"

Da hatte Melanie gleich mehrere wunde Punkte getroffen. Dana war durchaus nicht immer so mutig, wie sie tat. Vor allem beim Ausreiten musste ich sie oft vor den Gefahren der Wildnis beschützen. Und im Reitunterricht hatte ihr unerklärlicher Hang zu höheren Dressurlektionen, obwohl es bei den Basics noch viel Luft nach oben gab, schon oft zur heimlichen Erheiterung von Kiki und mir beigetragen.

„Doch, doch", machte Melanie, „es hörte sich ungefähr so an: ‚Boah, ist das schwierig! Blöde Millimeterarbeit! Wer will denn sowas schon!' und vor allem: ‚Ich will nicht so langweiliges Zeug reiten! Wann kommt denn endlich die Piaffe'?"

Melanie hatte Dana ziemlich gut imitiert. Ich war beeindruckt. Und Dana beleidigt, denn sie guckte mit einem Mal nicht mehr ganz so niedlich wie noch vor fünf Sekunden, als sie sich mit Dieter im Dreck gewälzt hatte.

„DU bist ja auch noch nicht bis zur Piaffe vorgedrungen", antwortete Dana spitz. Ja, und gottseidank ist das so. Wenn es ums piaffieren geht, versteht meine ansonsten ganz brauchbare Besitzerin nämlich keinen Spaß. Da brechen in der Frau alle Dämme und eine zickige Dressurdiva kommt zum Vorschein, gegen die ein handelsüblicher Alien eine niedliche Eidechse ist.

Eigentlich könnte sie einem leidtun. Wenn sie wüsste, dass wir Pferde das auf der Weide zum Spaß machen! Ich kann es besonders gut, denn ich bin ein Fast-Hengst und zeige den anderen regelmäßig mein bestes Imponiergehabe. Schon allein, damit sie sehen, was für ein toller Kerl ich bin. Aber das darf Dana niemals erfahren, denn sonst muss ich das auch unter dem Sattel machen, was bestimmt furchtbar anstrengend ist. Sowas lehne ich aus grundlegenden Erwägungen ab. Schließlich bin ich Freizeitpferd, mit Betonung auf Freizeit.

„Stimmt, da hab ich keinen Ehrgeiz", beschwichtigte Melanie. „Ich möchte Faxe einfach nur besser reiten können. Würdest du mich dabei vielleicht nochmal filmen? Da sieht man die eigenen Fehler ja am besten."

Und im Zweifel würde Dana sie darauf aufmerksam machen. Ich kenn doch die Frau.

„In der nächsten Reitstunde oder so? Das letzte Mal ist ja schon eine Woche her! Und du machst es einfach großartig!"

Dana war weichgespült: „Klar, mach ich. Wofür hat man denn ein Smartphone. Ich schicke dir die Videos dann wieder über WhatsApp."

Weil WhatsApp nur kurze Videos überträgt, hatte Dana mehrere kurze Filme gemacht und sie dann Melanie geschickt, damit die die Videos sofort auf ihrem eigenen Smartphone angucken konnte. Komischerweise wollte nämlich Melanie die Videos nicht in Danas Beisein auf deren Handy anschauen.

Manchmal ist sie ja echt sensibel, die Melanie. Dabei hätte ich sie sicherlich noch auf den ein oder anderen Fehler aufmerksam machen können, dachte Dana. Denn that's what friends are for. Sozusagen. Seit ihr Brötchengeber, die Meisenwalder Stadtverwaltung, beschlossen hatte, sich internationaler aufzustellen, ertappte Dana sich öfter dabei, ganz locker englische Floskeln rauszuhauen. *Und warum? Weil ich es kann!,* dachte sie vergnügt und tätschelte an Dieter herum, der irgendwie den Weg auf ihren Schoß gefunden hatte und nun versuchte, ihr die Zunge ins Ohr zu stecken.

Melanie war entsetzt über diesen spontanen Verfall der Sitten und rief beide zur Ordnung. Dieter hüpfte mit hängenden Ohren zurück auf den Boden, wobei er sich versehentlich Faxes Boxenpaddock näherte. Faxe legte die Ohren an und machte einen Schritt auf Dieter zu, der schnell seinen Fehler erkannte und zu Melanie flüchtete.

„Buh!" machte Faxe und trat einen weiteren Schritt auf Dieter zu. Dieter fiepte und wollte auf den Arm.

„Garstiger Faxe, mach dem kleinen Dieter keine Angst! Der gehört jetzt auch zur Familie", verteidigte Melanie die bibbernde Bodenwurst.

Dieter wedelte zaghaft.

Faxe atmete geräuschvoll aus.

Dieter wedelte nicht mehr.

„Grässliches kleines Fellding! Immer drängt es sich vor. Und weißt du was?" beschwerte sich Faxe bei mir.

„Was?"

„Sie trägt es."

„Sie trägt was? Das Dackeltier? Echt jetzt?"

„Echt jetzt. Melanie trägt das elende kleine Schlappohr spazieren. Und dafür kriegt es auch noch was zu essen. Und ich Armer muss sie schleppen, Runde um Runde! Im Schweiße meines Angesichts. Mit Fliegen drumherum. Und kriege nur eine Winzigkeit an Futter!"

„Reg dich nicht auf, sonst fängst du wieder an zu schwitzen und dann kommen die Fliegen", ermahnte ich ihn.

„Und das nennt sich nun Gerechtigkeit", schnaufte Faxe.

„Es gibt keine Gerechtigkeit", antwortete ich bitter.

Ein schönes Beispiel dafür war das, was mir am Mittag widerfahren war. Auf der Waldweide, um genau zu sein. Wir stanken nach Fliegenspray, trugen – wie eigentlich immer – unsere Fliegenburkinis und sahen scheiße aus. Nicht alle – ich zum Beispiel sehe auch mit Fliegendecke noch gut aus – aber doch die meisten.

Ich kann das kurz erklären: Es gibt Fliegendecken, die so lappig an einem runterhängen, dass sogar Lichtgestalten wie ich kurzfristig wie ein Nilpferd mit Wolldecke erscheinen. Wobei man natürlich früher oder später meinen Astralkörper erahnen kann. Spätestens dann, wenn ich zusätzliche Belüftungslöcher angefertigt habe. Und dann gibt es eine Abscheulichkeit namens Ekzemerdecke, die womöglich noch hässlicher und peinlicher aussieht. Man stelle sich mehrere beutelige Formen vor, die miteinander verbunden sind und annähernd die Form eines sehr großen, kranken, vierbeinigen Außerirdischen haben. Der Kleine Onkel besitzt so etwas.

Else trägt übrigens einen Look, der am ehesten an ein Vier-Mann-Moskitozelt erinnert. Was eigentlich ganz schön ist, weil man so ihre Figur nicht sehen kann. Wovon Else bekanntlich jede Menge hat.

Manche Pferde haben aber so viel Figur, dass ihnen außer einer Schlamm-Maske nichts passt. Diese Beobachtung teilte ich den anderen Wallachen mit und sah dabei bedeutungsvoll zu Else hinüber. Diplomatie kann ich nämlich.

Die anderen lachten.

Else sah mich mit ihrem Todesblick an.

Ich hielt stand und setzte nach: „Jeder zieht sich den Schuh an, der ihm passt. Oder die Schlamm-Maske."

Woraufhin sie spitz antwortete: „Kein Wunder, dass du keine Freundin hast. So, wie du stinkst."

Tja. Ich schätze, ich bin wieder Single. Aber das ist doch mal wieder typisch. Mädchen sind immer so humorlos. Stuti leider auch. Die murmelte irgendwas von Mobbing und spricht jetzt auch nicht mehr mit mir.

„Tja", machten auch die anderen Wallache.

Faxe fasste die Situation kurz zusammen: „Da hast du aber mal ordentlich verkackt, Alter."

Konrad hatte schon Blickkontakt mit Else aufgenommen und lächelte sie verträumt-berechnend an. Und John-Boy, der alte Casanova – mit Betonung auf alt –, pirschte sich an Stuti heran.

7. Kapitel, in dem ich unerwartete Unterstützung finde und die Frau ein aufschlussreiches Gespräch führt

Mir wurde schlagartig klar, dass etwas passieren musste. Also wechselte ich das Thema, um mein Image aufzupolieren.

„Wir befinden uns übrigens alle in Gefahr, weil hier ein wahnsinniger Mörder sein Unwesen treibt!"

„Ach was, der bringt doch nur Tierärzte um", nuschelte Faxe mit vollem Mund. „Das ist nicht schlimm."

„Alle in Gefahr", widerholte ich mit fester Stimme. „Die Menschen werden ganz wirr im Kopf, wenn es tote Tierärzte gibt. Nachher vergessen sie noch, uns zu füttern!"

Das saß. Wenn es ums Essen geht, versteht unsereiner keinen Spaß. Die Jungs warfen sich besorgte Blicke zu.

„Da ich aber mit unfassbaren Geistesgaben gesegnet bin, werde ich euch in Kürze den Mörder präsentieren."

„Oder die Mörderin", zirpte eine Stimme in Kniehöhe. Bella. Ach, Bella. Ich schmolz dahin. So klein und doch so klug!

Ihr Minishettykollege Blacky fehlte mir kein Stück. Mit Bella hatten wir eindeutig den besseren Tausch gemacht als der Nachbarhof mit Blacky. Wegen mir hätte der freche Schimmelzwerg mit der unverständlichen Aussprache nach Usambara oder sonst wohin ausgebürgert werden können. Der Nachbarhof war eigentlich noch viel zu nahe. Was, wenn Blacky zurückkäme und Bella wieder dort in Geiselhaft genommen würde?

Schnell verscheuchte ich die trübsinnigen Gedanken. Bella sprach mit mir und wir waren einer Meinung. Wie romantisch!

„Oder die Mörderin", bekräftigte ich.

„Mörderinnen gibt's gar nicht", behauptete John-Boy. „Ich helf' dir aber trotzdem, mein junger Freund, weil ich mir nämlich Sorgen um Tine mache."

Tine! Die hatte ich ja ganz vergessen. Ein Mordmotiv hatte sie auf jeden Fall, und im Stall war sie auch gewesen. Da kam mir der morsche Oldie als Informationsquelle ganz gelegen. Hoffentlich fing er nicht an zu singen!

Tat er aber doch. Er hielt sich nämlich für den Grandseigneur des Charmes und seine Stimme für betörend. Leider traf keins von beiden zu. Den Rest des Nachmittages gab er akustische Schmankerln wie *Der lachende Vagabund* und den *Kriminaltango* zum Besten. Um uns in Stimmung zu bringen, wie er sagte. Ich wollte gar nicht wissen, wofür und war froh, als es endlich wieder Richtung Stall ging.

Faxe machte einen bedrückten Eindruck. Ich konnte das verstehen. Bei John-Boys scheußlichen Gesängen vergeht einem komplett der Appetit. Aber das war es gar nicht. Faxes Freundin Peppy hatte sich für John-Boy interessiert. „Ich liebe ältere Gentlemen mit Kultur, hat sie gesagt", schnaufte Faxe empört.

„Wenn wir den Fall gelöst haben, frisst sie dir wieder aus der Hand, wirst sehen. So einem schneidigen Privatermittler kann doch keiner widerstehen. Und du hast ja einen schlauen Chef, der den Mord in Nullkommanix aufgeklärt hat", munterte ich ihn auf.

Faxe verdrehte die Augen, sagte aber nichts.

„Du brauchst mir nicht zu danken, mein Freund. Dir geb' ich gern den Job als Kriminalassistent!"

Woraufhin Faxe nochmal geschnauft hatte. Aus Rührung oder aus Dankbarkeit, da war ich mir nicht ganz sicher.

Mit anderen Worten: Ich war wieder Single mit einem Frisurenproblem, das sich gewaschen hatte, und Faxe hatte einen Nebenbuhler namens John-Boy. Unsere einzige Chance, daran was zu ändern und wieder was bei den Mädels zu reißen, war, den Mord aufzuklären – koste es, was es wolle.

Und als hätten wir nicht schon genug Probleme am Hals, war jetzt auch noch dieser Dackelwelpe mit Niedlichkeitsfaktor 9 aufgetaucht, der drauf und dran war, Melanies Herz im Sturm zu erobern und gleichzeitig die ohnehin schon desaströse Motivation meines Helfers weiter zu ruinieren.

Ich seufzte.

Dieter wedelte putzig.

„Bodenwurst", zischte Faxe. Dieter rettete sich in Melanies Arme.

***

Vom Petershof aus war Dana direkt nach Hause gefahren. Sie schleppte gerade ihre umfangreiche Stalltasche mit den Wechselklamotten, die man braucht, wenn man sich nach der Arbeit ins Pferdevergnügen stürzt und den Feierabend mit Ausmisten beginnt, ins Haus, als sie auch schon von Frau Schmidtke angesprochen wurde. Frau Schmidtke war ein klassisches Meisenwalder Urgestein, kannte jeden und war mit allen anderen verwandt. Gerade war sie damit beschäftigt, ihre Geranien zu gießen, unterbrach diese Tätigkeit jedoch nur allzu gern, um mit Dana über Dr. Schönholz zu sprechen, der so überraschend verstorben worden war. Ihre Enkelin Josefine durfte manchmal auf Faxe reiten, weshalb Frau Schmidtke sozusagen persönlich betroffen war.

„Kannten Sie den denn, den Dr. Schönholz?"

Was für eine Frage! Natürlich hatte Frau Schmidtke den verblichenen Tierarzt gekannt.

„Meine Eva ist doch seinerzeit mit dem seiner Ariane zur Schule gegangen. Ariane Schönholz. Damals hieß sie natürlich noch Clermont", erklärte Frau Schmidtke. Als sie Danas fragenden Blick bemerkte, ergänzte sie: „Die Witwe. Die Ariane war doch mit dem Schönholz verheiratet gewesen. Die war ja immer was Besseres. Der Vater hatte die Fürsten-Apotheke in Diepensiepen. Kennen Sie bestimmt. Mit den goldenen Löwen und den Goldkrönchen an der Fassade. Unter Krönchen tat es der alte

Clermont nämlich nicht. Wenn sie mich fragen, hatte der selber ein Krönchen." Frau Schmidtke machte eine vielsagende Scheibenwischerbewegung. „Aber so sindse nun mal. Alles Snobs, immer schon. Angeblich alter französischer Adel, der vor der französischen Revolution fliehen musste. Wenn Sie mich fragen, ist das alles Tinnef. Die haben nur einen Grund für ihr hochnäsiges Getue gesucht. Na, und als Klein-Ariane mit der Schule fertig war, ist sie weggezogen, um zu studieren. Sie sollte ja Vaters Apotheke übernehmen. Während des Studiums hat sie ihren Tierarzt kennengelernt und geheiratet. Dann sind die beiden nach Diepensiepen gezogen, Arianes Vater hat ihr die Apotheke übergeben und sie hat sich von ihrem Tierarzt eine hübsche Villa kaufen lassen. Der hat sich hier nämlich ganz schnell eine goldene Nase verdient. Mit den ganzen Pferden in der Gegend kann man wohl schnell reich werden."

„Außer man hat selbst eins", seufzte Dana. *Manchmal glaube ich, es gibt gar keine gesunden Pferde, sondern nur welche, die noch nicht richtig untersucht wurden.*

„Besonders glücklich war die Ehe ja nicht, nach allem, was man so hört."

„Was hört man denn so?", fragte Dana gebannt. *Schön ist das hier im Schatten! Wenn ich nicht so klebrig und durstig wäre, könnte ich ewig hier stehen bleiben.*

„Angeblich hatte der Doktor ein Verhältnis. So ein Flittchen namens Dolores. Früher hieß sie ja noch Doris."

Frau Schmidtke schnaufte verächtlich.

„Die hat wohl auch die Leiche gefunden. Aber mit DER Ehefrau hat er es auch nicht leicht gehabt. Diepensiepen ist halt nicht Köln oder Düsseldorf, das war Ariane nicht gut genug. Die feine Dame ist halt ganz schön etepetete und will standesgemäß residieren. Also hat sie das Geld mit vollen Händen ausgegeben. Wie man hört, läuft die Apotheke auch nicht so gut, mit diesem Internetz, wo man alles viel günstiger bestellen kann. Aber egal – bei Ariane zuhause ist alles piekfein und voll mit altem Zeugs. Angeblich Antiquitäten. Und jetzt halten Sie sich fest – mit schneeweißem Teppichboden. Meine Enkelin Josefine, Sie kennen sie ja, war mal zu St. Martin dort, singen. Da hat Ariane fast einen Herzinfarkt bekommen, als die Kinder in den Hausflur wollten. Josefine sagte, es sah aus wie im Museum und man durfte sich nicht bewegen."

Frau Schmidtke hatte sich warmgeredet. Dana lauschte gebannt.

„Ich kann mir schon vorstellen, dass man als Apothekerin sehr pingelig sein muss. Aber dieser Putzfimmel! Jetzt stellen sie sich mal vor, der arme Mann kommt nach der Arbeit in diesen ganzen Pferdeställen mit schmutzigen Schuhen nach Hausen und wird beschimpft. Ich sag Ihnen was, die Ariane ist eine richtige Giftspritze geworden. Kein Wunder, dass der Schönholz sich trennen wollte. Das Geld war ja alles seins. Und keine Kinder."

„Wer erbt denn das jetzt alles?"

„Na, die trauernde Witwe, wer sonst."

Dana nickte. Wenn das kein 1 a – Mordmotiv war! Der Fall war so gut wie gelöst. Aber Frau Schmidtke war noch nicht fertig: „Ihre Freundin, also Ihre Frau Schmitz, die hat sich auch mit dem Dr. Schönholz getroffen, nach allem, was man so hört. Der war ja ein richtiger Süßholzraspler."

„Meine Frau Schmitz? Meinen Sie die Bibliothekarin?" Dana war entgeistert. *Melanie hat sich mit dem Mordopfer getroffen?*

„Ja genau. Ihre Freundin. Die das Josefinchen auf ihrem Pferd reiten lässt. Auf Foxi."

„Faxe", berichtigte Dana automatisch.

„Bei der Hitze kann man sich schon mal vertun. Aber bei der Frau Schmitz vertu ich mich ganz sicher nicht. Der Schönholz hat sie nämlich sogar in der Stadtbücherei besucht. Und jetzt kommen Sie!", schloss Frau Schmidtke triumphierend und widmete sich wieder ihren Geranien.

Was für ein aufschlussreiches Gespräch! Dana dankte Frau Schmidtke, wünschte ihr noch einen schönen Abend und ging ins Haus, wo sie einen sehr nachdenklichen Abend verbrachte.

8. Kapitel, in dem ich trotz vierbeiniger Widrigkeiten aufopferungsvoll weiterermittele und Guntram viele Fragen hat

Am nächsten Tag schien wieder die Sonne. Versteht mich nicht falsch, ich mag Sonne, aber doch nicht so viel davon! Faxe meint, das läge an der Jahreszeit, aber das ist mir zu einfach. Man muss die Dinge differenzierter sehen.

Fliegen zum Beispiel. Da gibt es die eine Sorte Mistviecher und die andere. Die einen krabbeln auf einem rum und nerven total. Die anderen tun das auch, fressen einen aber zusätzlich auf. Die Menschen nennen sie „Bremsen", weil sie anscheinend nicht kapieren, dass die Viecher uns keineswegs langsamer machen, sondern schneller. VIEL schneller. Die größten Geschwindigkeitsrekorde werden nach meiner Überzeugung im Sommer auf Pferdeweiden aufgestellt, und zwar auf der Flucht vor Bremsen. Weshalb ich es vorziehe, mich im Sommer auf unseren schattigen Waldweiden aufzuhalten, wo die Biester seltener sind, und die dann gemütlich leerzufressen. Schließlich hält mich die Frau futtertechnisch so kurz, dass ich das irgendwie ausgleichen muss. Ich brauche nämlich viel Kraft, um mit den zahllosen Widrigkeiten, die meinen Alltag ausmachen, fertigzuwerden.

„Iss' nur, Schatz! Dicke haben auch Hunger. "

Da war schon die erste. Mit spöttisch-überheblichem Unterton.

Ich verschluckte die erste Antwort, die mir in den Sinn kam („Damit kennst du dich sicher am besten aus!") und schwenkte um auf „Else, ein Pferd muss tun, was ein Pferd tun muss!", mit männlich-markantem Unterton. Wir Fast-Hengste haben das einfach drauf, diese deutliche Ansage. Und die Mädels lieben es. Wenn ich nicht diese grausig schief geschnittene Mähne hätte, könnte ich mich bestimmt nicht vor ihnen retten.

„Jeder so, wie er kann", zirpte Peppy alias Widrigkeit Nummer zwei.

„Peppylein, ich kann noch ganz andere Dinge!" Ich zwinkerte ihr zu.

Sie sah scheu zur Seite. Meine nichtvorhandenen Hormone fuhren Achterbahn.

Dann merkte ich, dass sie lachte. „Mit dem weißen Bein da siehst du aus wie ein Frührentner! Pass nur auf, dass dich nicht am Gras verletzt. Meine Oma hat sich mal an einem Grashalm geschnitten."

Ich verdrehte die Augen. Aber da der weiße Kühlschlamm seine Schuldigkeit getan hatte, tat das Bein beim nachfolgenden Imponiertrab fast gar nicht weh. Und mit ein bisschen Glück würde ich auch noch das ein oder andere Hufeisen abbekommen und mich auf eine längere Auszeit einrichten. Peppy machte auf jeden Fall ein nachdenkliches Gesicht, als sie mich so herumstolzieren sah.

„Siehst du? Das alles kann dir gehören!", lockte ich.

„Ich dachte, du hast eine Freundin?", fragte sie.

„Och", antwortete ich vielsagend.

„Der süße Dicke da ist ohne mich völlig hilflos", mischte sich Else ein. „Der mit der niedlichen Zackenfrisur und dem hässlichen Hufschuh." Sie deutete auf mich.

Diese Schande! Ich sah Else böse an.

Die sprach ungerührt weiter: „Obwohl ich ja eigentlich auf muskulöse, durchtrainierte Sportler stehe." Und warf Konrad einen unangebracht feurigen Blick zu.

Ich schnaufte wütend und hüpfte in Schwebetritten am Zaun auf und ab. Peppys Körpersprache änderte sich subtil. Ich war mir sicher, dass sie mir nicht mehr lange widerstehen konnte. Um ihr bei der Entscheidungsfindung zu helfen, erklärte ich: „Ich spare auf einen Harem!"

„Dann kannst du jetzt wieder bei null anfangen. Stuti hat gesagt, dass sie nie, nie, nie wieder mit dir spricht." Sie lauschte kurz. „Und Else hat nur deshalb Muttergefühle, weil du so ein armes Hascherl bist."

Hinter Peppy bewegte sich etwas. Stuti. Natürlich. Ich hätte ja auch einmal Glück haben können, aber nein. Stuti hatte direkt hinter Peppy gestanden und alles gehört. Katastrophe!

Andererseits hatte sie nicht nur alles gehört, sondern auch alles gesehen, inklusive meiner besten Hengst-Moves. Und die waren richtig, richtig gut! Dass sie das nicht emotional aus der Kurve gehauen hatte, konnte ich nicht verstehen.

Stuten halt. Man kann es ihnen einfach nicht recht machen.

Aber genug philosophiert, erst mal 'nen Happen essen. Nur ein gestärkter Fast-Hengst ist auch ein guter Ermittler, und ich wollte ja weiter an meinem James Bond – meets - Sherlock Holmes - Image basteln. Und ganz nebenbei natürlich den Mord aufklären und mich nicht vor der Bewunderung der Massen retten können.

Leider störte das ferne Keuchen von Möhren-Willis Lkw meine Meditation. Das ungesunde Motorengeräusch seines altersschwachen Lasters war unverkennbar und führte zu übermutigen Reaktionen meiner Mitbewohner. Einzig Bella blieb cool.

„Gell, du freust dich mehr so innerlich", sagte ich.

Die Minishettystute sah mich aus ihren Rehaugen an. Was für lange Wimpern sie hatte! Ich war hin und weg.

„Ich muss ihm nicht helfen und darf so viele Möhren haben, wie ich will. Und warum? Weil ich's kann."

So klein und schon so abgeklärt. Aber das war ich auch. „Manchmal denke ich, dass du die Einzige bist, die mich versteht. Coolnessmäßig und so."

„Ah", nickte Bella.

„Wir Privat-Ermittler müssen so sein. Damit wir gefährliche Situationen meistern und Morde aufklären können", erklärte ich ihr.

Sie guckte nachdenklich und marschierte dann langsam, aber entschlossen unterm Weidezaun durch.

„Wo gehst du hin?"

„Möhren-Willi angucken. Damit er mir Möhren gibt."

„Früher hat ihm Blacky immer die Möhren in die Futterkammer getragen", erinnerte ich mich. „Und wurde dafür fürstlich belohnt."

„Ich muss nur gucken", erklärte Bella. „Fürs Tragen bin ich zu zart. Hat Willi gesagt, als ich mal besonders niedlich geguckt habe. Und mich kleines Reh genannt. Ich hoffe, das ist nix Schlimmes. Weil ich ihm sonst eine verplätten muss. Und mein Freund auch."

„Dein Freund?"

„Klar hab ich 'nen Freund. Blacky. Was denkst denn du? Dass es etwa einer von euch Riesenhirschen hier ist?"

Sie lachte meckernd. „Da ist er schon!"

Tatsächlich war das kleine weiße Ungeheuer neben Bella auf der anderen Seite des Zaunes aufgetaucht. Nach einer kurzen Begrüßung oder dem, was ich dafür hielt – außer Faxe konnte keiner Blackys Dialekt verstehen – marschierten beide einträchtig davon. Ich sah ihnen nachdenklich nach, bis Faxe neben mir erschien.

„Interessant", bemerkte er.

„Was denn?"

„Was Blacky gerade erzählt hat."

„Den versteht doch keiner außer dir. Weshalb du mir jetzt sofort übersetzen wirst, was dieser mädchenklauende Zwerg von sich gegeben hat."

„Bella versteht ihn anscheinend auch ganz gut", stellte Faxe fest.

Ein gewisses kriminalistisches Talent konnte ich Faxe ja nicht absprechen, aber musste er das gerade hier und jetzt zur Schau stellen?

„Komm zur Sache, Faxe", drängte ich.

„Es geht um das Friesengestüt. Blacky ist ja viel unterwegs und hat gesehen, dass die Polizei da war. In den Ställen und auch bei van de Velde zuhause. Bestimmt hat das was mit unserem Mordfall zu tun."

„Klingt interessant, ist es aber nicht", teilte ich meinem haarigen Freund mit. „Van de Velde war am Tattag gar nicht hier. Da war nämlich eine Zuchtschau, zu der auch Kiki hingegangen ist. Sie hat Marie davon erzählt. Er hat also ein Alibi."

Triumphierend streckte ich ihm die Zunge raus.

„Auf jeden Fall hat er ein neues Auto. Eins von diesen sehr großen, sehr teuren. Und einen neuen Stalltrakt baut er auch, sagt Blacky."

„Ja und?"

„Seit ich hier wohne, höre ich immer, dass überall gespart werden muss und keiner mehr Pferde kauft. Da kann man sich doch wundern, wenn einer, der vom Pferdeverkauf lebt, mit einem Mal zu Geld kommt."

„Hm", machte ich. Mein treuer Adlatus hatte gute Arbeit geleistet. Ich beschloss, ihm den Rest des Nachmittags freizugeben. „Gut gemacht, mein lieber Watson. Nun geh und erhole dich von den Strapazen des Ermittlerlebens!"

Nachdenklich zupfte ich ein Büschel Gras und sann über die Unwägbarkeiten des launischen Geschicks nach. Bis mir dann einfiel, welche Verbindung zwischen einem Pferdezüchter und einem Tierarzt besteht.

***

Unterdessen war die Staatsmacht auf dem Petershof eingetroffen, und zwar mit vereinten Kräften: Nacheinander pellten sich Guntram Fritz, Polizeiobermeister Siggi Wollmeier und Azubi Jonas Schöller aus dem Streifenwagen. Siggi Wollmeier reckte sich zur vollen Höhe seiner 1,68m, prüfte den Sitz seiner frischgebügelten Uniform und rückte die Krawatte zurecht. Er musterte seine Umgebung feindselig. Überall diese unhygienischen Pferde! Und was fast noch schlimmer war: die nervigen Zivilisten mit ihrer unerschütterlichen guten Laune und ihren Schubkarren voller Pferdemist. Er schüttelte sich. Für solche Ermittlungstätigkeiten sollte eigentlich eine besondere Erschwerniszulage gezahlt werden! Sobald er wieder im Büro war, würde er ein entsprechendes Schreiben an die Personalstelle aufsetzen. Und was tat sein Chef? Richtig, der feine Herr Fritz verbrüderte sich mal wieder mit dem gemeinen Volk und ließ ihn die ganze Arbeit alleine machen.

Guntram war nämlich ganz entspannt in Richtung der Stallgasse geschlendert, wo er, wie er hoffte, auf Dana und andere Pferdebesitzer stoßen würde. Soweit waren ihm die Abläufe in einem Reitstall schon klar, dass er wusste, welch herausragende Rolle das Ausmisten im Leben eines Pferdebesitzers spielt.

Jonas Schöller dackelte hinterher. Er war froh, dass er ausnahmsweise mal nicht mit Siggi Wollmeier zusammen

Verkehrskontrollen durchführen musste. Die sahen nämlich so aus, dass er im Auto sitzen bleiben und Paragraphen lernen musste, während POM Wollmeier, wie er im Amtsjargon hieß, in den kontrollierten Fahrzeugen nach abgelaufenen Verbandskästen fahndete. Da war Aussteigen, Herumlaufen und womöglich sogar Ermitteln ein seltenes Highlight.

„Chef, was machen wir hier eigentlich?"

„Ermitteln, was sonst!"

Jonas guckte bedröppelt.

Guntram erklärte: „Der Kollege Wollmeier und Sie werden die Pferdebesitzer befragen. Wer kannte den Toten, was haben die Leute am Tattag gemacht, wer hatte ein Mordmotiv? Und wer eine Gelegenheit?"

„Das sind aber viele Fragen." Erst gar nix tun und dann alles auf einmal, das war Jonas unheimlich.

„Am besten fangen Sie direkt damit an", strahlte Guntram, denn er hatte Dana gesehen. Genau in dem Moment klingelte sein Handy.

Er hat immer noch „Shaun das Schaf" als Klingelton! Dana musste sich das Lachen verbeißen.

Guntram deutete entschuldigend auf sein Handy.

„Susanne, wie geht's dir? Was macht dein Fall?"

Pause.

„Natürlich kann ich mich an dich erinnern! Sei doch nicht so sauer, weil ich mich ein paar Tage lang nicht gemeldet habe!"

Pause.

„Ich habe diesen neuen Fall. SOKO Pferd, weißt du? Und da konnte ich bisher nicht gut telefonieren."

Aus dem Handy drangen zornige Geräusche.

„Aber jetzt mal was Positives. Susanne. Bitte, Susanne. Lass' mich doch auch mal was sagen. Du wirst nicht glauben, wo ich gerade bin – in Meisenwald auf dem Petershof. Wo ich im Frühjahr schon mal ermittelt habe. Weißt du, bei Dana und Pfridolin. Total schön hier."

Pause.

„Komisch. Jetzt ist das Gespräch kaputtgegangen."

„So ein merkwürdiger Zufall", sagte Dana.

Jonas und POM Wollmeier waren in den 10er-Stall verschwunden, wo sie Pferdebesitzer verhörten. *Viel Spaß mit Felix,* dachte Dana. Der kann ganz schön nervig sein. Aber auch wieder ganz schön nett, weshalb sie sich ja auch in der Zwischenzeit öfters mal mit ihm getroffen hatte. Bisher war die Sache nicht über freundschaftliches Geplänkel hinausgegangen. Bis auf das eine Mal, als… Aber danach hatte keiner von beiden ein Wort darüber verloren, es war also auch nichts passiert. Irgendwie jedenfalls. Sie dachte schnell an etwas anderes.

„Deine Freundin?", fragte sie unschuldig.

„Eine Kollegin und gute Freundin", antwortete Guntram. „Wir haben gemeinsam an meinem letzten Fall in Hintertupfingen gearbeitet. Aber so wie gerade eben habe ich sie noch nie erlebt. Merkwürdig."

Um sie herum herrschte reges Treiben. Pferdebesitzer misteten aus, putzten ihre Pferde oder tauschten den neuesten Stallklatsch aus. Aus dem 10er-Stall heraus, den man von Danas Standpunkt aus gut im Blick hatte, war eine Wanderbewegung in Richtung Reiterstübchen zu beobachten. Jonas und Polizeiobermeister Siggi Wollmeier trieben alle zehn Pferdebesitzerinnen und -besitzer vor sich her, um sie einer förmlichen Befragung zu unterziehen. Guntram war Danas Blick gefolgt und seufzte.

„Ganz schön schwer, gute Mitarbeiter zu finden, was?", fragte Dana.

Guntram seufzte wieder.

„Der Kollege Wollmeier ist schon ein wenig speziell", antwortete er schließlich.

„Was ist denn mit deinen Ermittlungen?", fragte Dana schließlich, um das sich anschließende Schweigen zu unterbrechen.

„Aus meiner reiterlichen Karriere ist ja vorerst nichts geworden, weil ich zum Sondereinsatz musste. Also muss ich mir meine Brötchen wohl weiterhin mit Ermittlungen verdienen. Hättest du Zeit, mir ein paar Fragen zu beantworten? Ziemlich viele sogar, um ehrlich zu sein."

Guntram guckte sorgenvoll.

Dana lachte. „Na klar. Aber erst nach dem Ausmisten."

Folgsam ergriff Guntram die angebotene Mistgabel, als ein kleines braunes Mini-Shetty seinen Weg kreuzte. Wie ein flauschiges Mini-U-Boot manövrierte es geschickt durch Menschen- und Pferdebeine, um schließlich an der Tür zur Futterkammer abrupt zu stoppen.

„Kann bitte einer von euch Bella festhalten?" Marie stolperte atemlos hinterher. „Sie ist mal wieder von der

Wiese abgehauen, als Möhren-Willi kam, und seitdem kann ich sie nicht mehr einfangen."

Dana hatte schnell reagiert und Bella am Halfter gegriffen.

„Diese Zwerge haben eine ganz schöne Eigendynamik, oder?", fragte Guntram, der das Ganze beobachtet hatte.

„Das ist noch untertrieben. Mini-Shettys sind quasi autark", erklärte Dana. „Und noch dazu hochintelligent und geschickte Entfesselungskünstler."

„Aber auch sehr, sehr niedlich. Was macht man mit ihnen?"

„Sie sind furchtbar leichtfuttrig, das heißt, sie müssen in irgendeiner Weise Sport treiben, damit sie nicht verfetten und Stoffwechselerkrankungen bekommen. Manche laufen vor einer leichten Ponykutsche, andere werden mit Bodenarbeit und dem Erlernen von Kunststücken beschäftigt. Und dann gibt's da noch Blacky, der am Langzügel ausgebildet wurde und ein richtiges Showpony ist. Wenn er nicht gerade irgendwo ausbüxt. Marie möchte Bella genau dasselbe beibringen."

„Und vor allem möchte sie Blacky in sein neues Zuhause bringen. Ich dachte, er würde gern auf dem Nachbarhof leben, weil er früher immer dorthin gelaufen ist, aber jetzt ist er mehr hier als beim Nachbarn!" stöhnte Marie, die den Ausbrecherkönig gerade eben an der Tür zur Futterkammer erspäht und eingefangen hatte. Mit beiden Minishettys im Schlepptau bog sie um die Ecke.

Sich näherndes Hufgetrappel kündigte die Ankunft der anderen Pferde an, die von der Waldweide hereingebracht wurden.

9. Kapitel, in dem es um Pferdekäufe und die Feinheiten des Westernreitens geht. Außerdem stehe ich kurz vor der Lösung des Falles.

„Das ist mal wieder soooo typisch für die Frau!", bemerkte ich zu Faxe. „Die hat immer so viel Spaß beim Ausmisten, dass sie darüber die Zeit vergisst."

Faxe kam nicht dazu, mir zu antworten, weil er sich sofort über sein Heu hermachte. Wir waren immerhin gut fünf Minuten gelaufen, da musste er sich erstmal stärken. Ich hätte das auch gern getan, wurde aber blöderweise aufs Boxenpaddock ausgesperrt, damit die Frau ihren häuslichen Pflichten nachkommen und mit Guntrams Hilfe weiter ausmisten konnte.

„Was hat denn der Pfridolin da am Bein?" Das war Guntrams Stimme, begleitet von unterdrücktem Stöhnen.

„Das ist richtig Sport, nicht?" Und das war die Frau, die hörbar begeistert war, diese Art Sport nicht allein treiben zu müssen. „Das weiße ist Tonerdepaste. Der Pfridolin hat sich doch vorgestern ein Eisen abgerissen und das Bein war ein bisschen warm. Deshalb die Paste. Und damit der Huf nicht weiter ausbricht, trägt er einen Hufschuh. Morgen kommt endlich der Schmied, dann kann er bestimmt auch wieder was Sinnvolles tun."

Mir stellten sich die Nackenhaare auf. „Was Sinnvolles tun" hörte sich nach Arbeit an. Die Frau hat da ganz eigenartige Ideen. Ich denke da nur an ihre Besessenheit von der Piaffe, die wie eine Möhre an einer Angel vor ihr baumelt – unerreichbar, aber umso begehrenswerter. Ich dagegen hatte mich ganz wunderbar an mein Lotterleben gewöhnt und kein Bedürfnis, daran irgendwas zu ändern.

„Morgen erst!", sprach die Frau weiter. „Obwohl ich ihm bestimmt 20 Mal auf die Mailbox gesprochen habe. Aber nein, der Herr Hufschmied hat angeblich wichtigere Termine." Sie schnob verächtlich. Ich konnte förmlich hören, wie Guntram sie verwundert ansah.

Felix kam vorbei. „Kommt ihr beiden klar?"

„Klar, siehste doch", antwortete Dana.

„Ist der etwa eifersüchtig? Darf gern auch mal ausmisten." Das war Guntram.

„Wollte er aber bisher nicht. Du wolltest mich doch was fragen", erinnerte sie Guntram.

„Ja genau. Was ist denn beim Pferdekauf wichtig? Also, außer, dass einem das Pferd gefällt."

Wollte er sich ein Pferd kaufen? Wie interessant! Ich stellte meine Lauscher auf. Aber nein, es ging um den Fall. Meinen Fall! Mein innerer James Bond notierte sich, dass Guntram großes Interesse an dem ganzen Papierkrieg rund um den Pferdekauf hatte. Es ging vor allem um Ankaufsuntersuchungen und um Pferdeverkäufe ins Ausland.

„Und da ist also ein Tierarzt, der das Pferd untersucht und aufschreibt, dass es tippitoppi gesund ist. Und dieses Pferd wird dann für sehr viel Geld verkauft. Was ist denn, wenn der Tierarzt ein ganz anderes Pferd untersucht als das, was letztlich verkauft wird? Weil ihm jemand dafür viel Geld zahlt und die Pferde genau gleich aussehen?"

„Früher wäre das gegangen, aber heutzutage hat jedes Pferd einen Equidenpass und einen implantierten Mikrochip. Damit man sie identifizieren kann. Sowas würde also spätestens dann auffallen, wenn jemand anders den Chip ausliest. Die Chiplesegeräte oder Transponder kann man überall kaufen. So ein Betrug würde also gleich auffallen."

„So dumm wäre wohl kein Tierarzt. Was würde denn ein intelligenter Tierarzt tun?"

„Er würde eine Ankaufsuntersuchung machen, das Pferd gesundheitlich in den Himmel loben und vor allem die Röntgenbilder gegen die eines gesunden Pferdes austauschen. Der Käufer kann im Nachhinein nicht nachweisen, dass das kranke Pferd, das er gekauft hat, schon am Tag der Untersuchung klinisch auffällig war. Dass es zum Beispiel gehustet oder gelahmt hat. Was man aber im Nachhinein überprüfen kann, sind die Röntgenbilder, auf denen man jede Arthrose und jede bedenkliche Knochenstruktur sieht. Und du glaubst, sowas hat Dr. Schönholz für Gerrit van de Velde getan?"

„Ich habe keine Namen genannt", wehrte Guntram ab.

Van de Velde! Aber klar, der Friesenzüchter. Nur Friesen sehen alle gleich aus. Alle groß, schwarz und mit unendlich langen Mähnen, Schweifen und Zotteln an den Beinen. Was hatte Faxe gesagt? Van de Velde ist auffällig reich und die Polizei war bei ihm zuhause.

Rasch skizzierte ich ein paar Theorien: Van de Velde bezahlt Schönholz für tolle Ankaufsuntersuchungen bei kranken Pferden, verkauft die teuer und beteiligt Schönholz am Gewinn. Als Schönholz zu gierig wird, erschlägt ihn der Friesenzüchter.

Oder: Schönholz will aussteigen und alles gestehen, weil er wegen seiner esoterischen Ader um sein Karma fürchtet. Bleibt die Frage, warum er überhaupt damit angefangen hat. Vielleicht Erpressung? Van de Velde will das verhindern und bringt ihn um.

Nur blöd, dass er ein Alibi hat. Vielleicht war es einer aus van de Veldes Familie? Wenn ich mich recht erinnerte, hatte er große, starke Söhne, die immer beim Schützenzug mitritten. Eigentlich konnte es gar nicht anders sein. Ich teilte Faxe meine Erkenntnisse mit und sah ihn beifallheischend an. Er guckte nachdenklich zurück.

Im Stall ging das Gespräch weiter: „Gibt's eigentlich was Neues von der schreienden Dolores?"

„Stell dir vor, du hättest ein Verhältnis mit einem reichen Tierarzt, der sich für dich scheiden lassen will, und dann findest du seine Leiche", warb Guntram um Verständnis.

„Ja, sowas kenne ich. Da kann man schon mal schreien", nickte Dana weise und so, als ob sie jeden Tag Verhältnisse mit bald versterbenden Leuten hätte.

Kurze Pause. Guntram sah sie beunruhigt an.

(Wir Pferde spüren sowas. Also ich jedenfalls.)

„Was hat denn die Ehefrau gesagt, als sie von dem Verhältnis erfahren hat?"

„Wusste sie angeblich schon. Es wäre ihr auch egal gewesen."

Das geht ja hier Schlag auf Schlag! Dieses Ermitteln liegt mir total. Es ist nicht anstrengend und man kann dabei auf dem Paddock Heu mümmeln. Noch dazu lenkt es einen von den Fliegen ab.

Ich resümierte kurz: Die Ehefrau war raus aus dem Schneider und einer von van de Veldes Söhnen der Täter. Weil ja nicht jeder über meine rasche Auffassungsgabe verfügt, erklärte ich Faxe den aktuellen Stand meiner Ermittlungen ein weiteres Mal.

„Ich hab dich schon beim ersten Mal verstanden, du Blödmann. Und außerdem habe ich Ohren am Kopf. Und noch außerdemer hab ich immer gesagt, dass der Friesenzüchter Dreck am Stecken hat. So viele Pferde und immer gute Laune, das ist nicht normal! Und noch dazu das ganze Geld!"

Da ertönte wieder Danas Stimme: „Es war ihr egal, dass ihr Mann ein Verhältnis hatte?"

„Anscheinend hatte sie selbst auch eins und wollte sich ohnehin von ihm trennen."

„Wahrscheinlich ist sie nur wegen des Geldes bei ihm geblieben. Wer erbt denn eigentlich?"

„Das müssen wir noch klären", gefolgt von einem hastigen Kritzelgeräusch und dem Ausruf: „Wo steckt denn dieser Wollmeier, wenn man ihn mal braucht?"

„Im Reiterstübchen, glaube ich", gab Dana hilfsbereit Auskunft.

Ich hörte das Geräusch sich hastig entfernender Schritte und durfte endlich wieder in meine Box.

Währenddessen war auch Melanie eingetroffen, die mit Faxe und Dieter, dem Pflegedackel, spazieren gehen wollte. Wie mir mein flauschiger Freund später anvertraute, wäre das der erste Spaziergang gewesen, bei dem er kein Gras, sondern Dieter essen wollte. Er hätte es oft versucht, wirklich oft, aber irgendwie hätte Melanie das jedes Mal verhindern können. Selbst wenn Faxe „rein zufällig" mit gefletschten Zähnen in Dieters Richtung geguckt hätte, hätte sich die arglose Melanie in genau dieser Sekunde zu Dieter herabgebückt, um ihn zu streicheln und Faxe mit der anderen Hand zu tätscheln.

Und da man die Hand, die einen füttert, nicht beißen sollte, wenn man ein zweites oder drittes Abendessen möchte, blieb Faxe nichts anderes übrig, als Melanie freundlich anzulächeln und unterdrückt zu fluchen. Zu guter Letzt wurde der schreckensstarre Dieter auf Faxes Rücken gesetzt, was dieser hasserfüllt dulden musste.

„Melanie denkt, wir spielen miteinander", berichtete mir ein zutiefst beunruhigter Faxe, der soeben mit ansehen musste, wie sich die letzte Gehirnzelle seiner Besitzerin in ein dackelförmiges rosa Wölkchen aufgelöst hatte.

Dana matschte mir gerade neue weiße Paste ans Bein, als die Bremer Stadtmusikanten zurückkamen.

„Das war aber ein kurzer Spaziergang", bemerkte sie.

Melanie druckste herum und gestand dann, dass sie Felix beim Reiten zusehen wollte. „Er hat jetzt Unterricht, und ich finde dieses Westernreiten ja so spannend.

Ich kann mir überhaupt nicht erklären, wie das funktionieren soll, mit den durchhängenden Zügeln."

„Keine Ahnung. Ist auf jeden Fall ganz was anderes als unser Englischreiten. Warum heißt das eigentlich so?"

Melanie, die Bibliothekarin, wusste die Antwort: „Das kommt vom Sattel. In den englischsprachigen Ländern unterscheidet man zwischen drei Satteltypen: Dem Westernsattel, dem australischen Stocksattel und dem Englischsattel. Den die Engländer irgendwann im 18. Jahrhundert entwickelt hatten, weil man damit besser Jagden reiten konnte als mit den bis dato üblichen Satteltypen. Bei der Gelegenheit haben sie dann auch gleich das Leichttraben erfunden. Unsere heutigen Spring-, Dressur- und Vielseitigkeitssättel gehen auf diesen Satteltyp zurück, weshalb man die dazu gehörende Reitweise Englischreiten getauft hat."

Dana wollte Melanie noch nach ihren geheimnisvollen Dates mit Dr. Schönholz fragen, kam aber nicht mehr dazu, weil Felix und seine Trainerin inzwischen mit der Reitstunde begonnen hatten und sich Melanie eilig, aber nicht so eilig, dass es irgendwie uncool wirkte, dazugesellt hatte.

Also matschte sie weiter an mir herum, putzte sich gedankenverloren die weiß-schlammige Hand an ihrer Hose ab und machte nachdenkliche Geräusche. Irgendwann äußerte sie ein lautes „Hm!", brachte mich in die Box und setzte sich neben Melanie aufs Zuschauerbänkchen am Reitplatz.

„Guck mal, er hat die Zügel in beiden Händen. Das ist unserer Reiterei gar nicht so unähnlich", teilte Melanie ihr mit. Für den Fall, dass Dana plötzlich das Augenlicht verloren hätte oder so, mutmaßte diese. *Wie kann man sich für einen Kerl nur so zum Affen machen!*

„Bei jungen Pferden verwendet man ein Snaffle Bit, also ein gebrochenes Mundstück, das beidhändig geführt wird", erklärte Mary Westmann, die Melanie gehört hatte. Reitlehrer hören und sehen nämlich alles, unabhängig von der Reitweise.

Mary Westmann wurde auch „das Cowgirl" genannt und zeichnete sich nicht nur, aber auch durch ihre tiefe, rauchige Stimme aus. „Beim Englischreiten nennt man das Wassertrense. Wenn Peppy älter und weiter ausgebildet ist, wird das Snaffle irgendwann durch ein Shank Bit ersetzt. Das ist normalerweise ein Stangengebiss mit Anzügen, das einhändig geführt wird. Anzüge sind nichts anderes als Hebelarme, so dass wir es letztlich also mit einer blanken Kandare zu tun haben. Man nennt das nicht zu Unrecht die Krone der Reiterei, denn das ist eine sehr scharfe Zäumung und deshalb nur was für wirkliche Könner. Gebrochene Gebisse führt man beidhändig, denn die Gebisshälften wirken jeweils einseitig auf das Pferdemaul ein. So kann entweder die rechte oder die linke Seite des Mauls angesprochen werden. Stangengebisse führt man immer einhändig, denn die Stange wirkt auf das Genick ein, und zwar rechts und links gleichzeitig. Es gibt auch gebrochene Gebisse mit Anzügen, davon halte ich aber nichts, denn man kann damit nicht differenziert einwirken. Unser Ziel" – dabei sah sie Felix an – „ist ein fein gerittenes Pferd, das in Selbsthaltung läuft und sich allein durch die Einwirkung von Gewicht und Schenkeln reiten lässt. Das Kopfstück mit dem schnörkeligen, scharfen Gebiss sollte nur Dekoration sein."

Felix nickte. Melanie und Dana ebenfalls.

„Und wie stellt man dann sein Pferd? Falls ihr Westernreiter sowas überhaupt macht. Also das Pferd in eine bestimmte Richtung schauen lassen", wollte Dana wissen.

„Mit dem Bein. Wir benutzen es nicht zum Treiben, sondern zum Stellen und Biegen des Pferdes."

„Ich glaube, sowas sagt unsere Frau Reitlehrerin auch immer", erinnerte sich Dana schwach.

„Du sollst Kiki nicht immer Frau Reitlehrerin nennen. Sie sagt, das macht alt", kicherte Melanie. Und zu Mary und Felix gewandt: „Dann habt ihr ja mit dem Westernreiten irgendwie den Stein der Weisen gefunden."

„Ach nein", winkte Mary ab. „Man kann in jeder Reitweise schlecht reiten. Nicht alle Englischreiter stehen gleichzeitig auf Gas und Bremse, und nicht alle Westernreiter reiten pferdefreundlich."

„Eigentlich sind das sogar die wenigsten", überlegte Felix laut. „Wie immer, wenn es um Sport oder Geld geht. Oder um beides."

„Das mit dem einhändigen Reiten passt ja zu unserer klassischen Reiterei. Du weißt schon, diese alten Meister. De la Guérinière, Pluvinel, Steinbrecht und so. Und als dann die Dressurkandare mit Unterlegtrense aufkam, hatte man beide Kandarenzügel in einer Hand und dazu je einen Trensenzügel", teilte Melanie mit.

Dieter winselte.

„Ei, was hat denn das Hundebaby? Muss das süße kleine Dieter-Schatzi mal Gassi?", quietschte Melanie, die nahtlos von intellektuell auf durchgeknallte Hundemutti umschalten konnte.

„Ich glaube eher, ihm ist schlecht. Er hat gerade ganz viele Pferdeäpfel gefressen, als du Felix angehimmelt hast", meinte Dana nüchtern.

Und so war es auch. Dieter übergab sich lautstark und machte sich dann, nachdem sein Magen wieder freie Kapazitäten meldete, erneut auf Nahrungssuche. Auf dem Reitplatz übten Felix und Peppy inzwischen Manöver aus dem Westernreiten.

„Das sieht ja schon sehr schick aus", stellte Dana fest. „Der helle Sattel mit dem ganzen Geschnörkel und dann das Kopfstück mit dem ganzen Silber. SEHR fotogen. Soll ich euch filmen? Ich bin da mittlerweile gut im Training. Mein Smartphone hat aber auch eine Super-Kamera."

Und warum? Weil ich mir das Beste ausgesucht habe. Ich bin halt schon sehr schlau. Und ich kann es einfach!

Mangelnde Selbstsicherheit war nie ihr Problem gewesen, und so stellte sie sich in die Mitte der Bahn und scheuchte Felix herum, was Mary Westmann eine Zeitlang amüsiert duldete, bis sie das Kommando wieder selbst übernahm und der übermotivierten Kamerafrau einen Platz anwies. „Und bleib gefälligst da stehen, sonst ...“

Nach dem Ende der Reitstunde bedankte sich Felix artig für die ihm aufgenötigten Filmaufnahmen und fragte Dana, ob sie sich auch mal auf Peppy setzen wollte.

„Ja, wenn ich darf ...“

Süß, sie kann noch rotwerden, dachte Felix.

Danas erste Erkenntnisse im Westernsattel, die sie Dana-typisch nicht für sich behalten konnte, waren wie folgt: „Der Sattel ist gar nicht so bequem, wie er aussieht. Man kann die Steigbügel nicht von oben verstellen. Und diese verfluchten Zügel sind ki-lo-me-ter-lang! Und geteilt!! Und der eine ist mir gerade runtergefallen!!!“

Nachdem die Bügel passend gemacht worden waren und sie wieder beide Zügel in den Händen hatte, gingen die Probleme allerdings erst los. Dana und Peppy standen malerisch in der Mitte des Reitplatzes herum. Peppy guckte nachdenklich, Dana eher verzweifelt.

„Peppy geht nicht vorwärts!“, trompetete sie. „Immer, wenn ich die Schenkel anlege, wölbt sie den Rücken auf und bleibt stehen!“

„Einmal mit der Zunge schnalzen heißt Schritt, zweimal Schnalzen ist Trab. Du sitzt einfach nur drauf und machst sonst nix.“

Gesagt, getan. Folgsam setzte sich Peppy in Bewegung und eierte in merkwürdigen Schlangenlinien umher.

„Bequem ist sie ja“, teilte Dana mit. „Aber wie funktioniert die Lenkung?“

„Sie reagiert auf deine Gewichtsverlagerungen!“

„Was für Gewichtsverlagerungen? Ich schwanke doch nicht. Frechheit!"

„Ich meinte deine unbewussten Gewichtsverlagerungen. Guck dir an, wo du hinreiten willst, und konzentriere dich darauf. Dann klappt das auch!"

Dana hatte sowas schon öfter gehört. Im Reitunterricht bei Kiki nämlich, die Dana stets über ihre Sitzfehler informierte, was diese regelmäßig mit undankbaren Kommentaren quittierte. Entsprechend unfroh reagierte sie jetzt.

„Nein nein nein, mein Lieber, sooooo nicht. Ich sitze pillegerade! Dein Pferd läuft schief. Und außerdem will ich sowieso nur Dressur reiten und piaffieren. Das ist nämlich Kunst, jawohl. Und Westernreiten nur eine Arbeitsreitweise. Da bin ich lieber Künstlerin!"

Sie saß ab und drückte dem sprachlosen Felix die Zügel in die Hand.

Von fern hörte man Melanie rufen. „Dietaaaaaaa, wo steckst du? Hundebaby, komm zur Mama! Hundebeeeeeebi! Dietaaaaaaaaaaaa!"

Felix schüttelte den Kopf.

„Die sind alle verrückt geworden. Alle außer uns beiden, Peppylein!"

Peppy sah ihn skeptisch an.

10. Kapitel, in dem Dana erklärt, warum sie nicht auf Weltreise gehen kann und der Schmied überraschende Informationen hat. Außerdem kommen Spatzen darin vor.

Der nächste Tag brachte gähnende Langeweile und Kuchen, jedenfalls für Dana. Das Festkomitee tagte, um letzte Details für das Feuerwehrfest zu besprechen. Während Brösmann und Indiana Jones alias Pieta Wisskamp sich um die Reihenfolge der Fahrzeuge beim geplanten Oldtimer-Autokorso stritten, schaufelte Dana Schwarzwälder Kirschtorte in sich hinein und ärgerte sich, dass sie vergessen hatte, Melanie nach ihren Treffen mit dem ermordeten Tierarzt zu befragen.

Wieso hatte sie ihr nie davon erzählt? Welche Verdächtigen gab es denn überhaupt? Van de Velde, das war klar. Ganz offensichtlich hatte die Polizei den Friesenzüchter im Verdacht, seinem betrügerischen Kumpan das Lebenslicht ausgeblasen zu haben. Wer weiß, wieviel Geld die beiden mit ihren gefälschten Ankaufsuntersuchungen verdient hatten!

Aus ihrer eifrigen Krimilektüre wusste Dana, dass sich Verbrecher regelmäßig in die Haare kriegen und gegenseitig umbringen, also lag das auch hier nahe. Vielleicht wollte der eine den anderen erpressen oder aussteigen.

Oder Schönholz, der alte Süßholzraspler, hatte sich an van de Veldes schöne Frau rangemacht? Hübsch und charmant war er ja gewesen. Und Emilia van de Velde war wirklich sensationell attraktiv und noch dazu nett. Der eifersüchtige Ehemann hatte ihn dafür erschlagen. Eine plausible Theorie.

Dann gab es da noch die zickige Ehefrau – wie hieß sie noch? Ah ja, Ariane –, die wahrscheinlich ein Vermögen erben würde, wenn sie ihren untreuen Gatten erst einmal los war.

Frauen neigen aber eher zu Giftmorden als zu Gewalttaten, hatte Dana gelesen. Als Apothekerin wäre ihr das ein Leichtes gewesen, aber auch sehr offensichtlich. Vielleicht hatte Ariane Schönholz ihren neuen Lover eingespannt?

„Und, Frau Dirksen, was denken Sie?"

Alle Augen waren auf sie gerichtet. Dana kehrte in die Gegenwart zurück.

„Absolut", sagte sie entschlossen. „Das sehe ich genauso." *Wenn man keine Ahnung hat, erstmal bluffen.*

„Sie meinen also auch, dass wir die Kapelle vorwegmarschieren lassen sollten statt sie zu den Meisenwalder Spatzen ans Ende des Zuges zu setzen?"

„Wegen mir müssen die Spatzen überhaupt nicht mitmarschieren, sondern können eine Übung zeigen."

Die Meisenwalder Jugendfeuerwehr war sehr aktiv und nutzte jede Gelegenheit für Übungen. Dana war es sehr recht, dass die örtliche Feuerwehr wusste, wie man sich bei Bränden in der Landwirtschaft verhält oder was bei Reitunfällen zu beachten ist. Auch mit Großtierrettungen kannten sich die Helfer aus. In regelmäßig statt-

Schwarzwälder Kirschtorte à la Brösmann

180 g	Zucker
5	Eidotter
5 EL	lauwarmes Wasser
1 Päckchen	Vanillezucker
5	Eiweiß
1 Prise	Salz
140 g	Mehl
80 g	Speisestärke
50 g	Kakaopulver
2 TL	Backpulver
60 g	zerlassene Butter
500 ml	Kirschsaft
1 Stange	Zimt
2	Nelken
1 EL	Speisestärke (mit etwas Saft angerührt)
500 g	Sauerkirschen
60 g	Zucker, etwas Wasser und 6 cl Kirschwasser (zum Beträufeln)
600 g	Sahne
60 g	Zucker
50 g	Schokoladenraspel
16	kandierte Kirschen

120 g Zucker, Eidotter, Wasser und Vanillezucker verrühren. Die 5 Eiklar mit Salz steif schlagen, dabei den restlichen Zucker einrieseln lassen. Mehl,

Stärke, Kakao und Backpulver mischen und mit dem Eischnee unter die Eigelbmasse heben. Danach die Butter unterheben. Backform einfetten und den Teig einfüllen. Im vorgeheizten Ofen auf der zweiten Schiene von unten bei 190°C ca. 30 Minuten backen. Abkühlen lassen und den Rand mit einem Messer lösen. Biskuit auf ein Gitter stürzen. Mit Folie bedeckt über Nacht stehen lassen.

Am nächsten Tag den Kirschsaft mit Zimt und Nelken aufkochen. Die Gewürze herausfischen, die Stärke einrühren und aufwallen lassen. Nun die Kirschen zugeben, aufkochen und abkühlen lassen. Biskuit in drei gleiche Scheiben schneiden, Zucker mit Wasser aufkochen. Kirschwasser zugeben und den unteren Boden damit beträufeln. Sahne mit Zucker steif schlagen und 3 Kreise auf den untersten Boden spritzen. Die Zwischenräume mit Kirschgrütze auffüllen. Den mittleren Boden darauflegen, mit etwas Kirschwassermischung tränken, Sahnekreise spritzen und wieder mit Kirschgrütze auffüllen. Dann den dritten Boden als Deckel auflegen, wieder tränken und die Oberfläche und den Rand dick mit Sahne bestreichen.

Mit der Spritztülle am Rand entlang Rosetten auf die Torte spritzen und darauf die kandierten Kirschen geben. Das Innere der Oberfläche mit Schokoladenraspeln bestreuen.

findenden Übungen wurde dieses Wissen an den Feuerwehrnachwuchs weitergegeben.

Und natürlich hatte die Jugendfeuerwehr auch eine Band, die sich grob verharmlosend „Die Spatzen" nannte. Die musikalisch versierten Bandmitglieder wurden lautstark von Freunden und Angehörigen unterstützt und nutzten jede Gelegenheit, um sich in Szene zu setzen. Leider bestand ihr Repertoire überwiegend aus Thrash Metal, dem Dana irgendwie so gar nichts abgewinnen konnte.

„Ich glaube auch nicht, dass sich das Geschraddel der Spatzen mit der Kapelle verträgt", gab Dana weiterhin zu bedenken.

„Sie haben versprochen, Marschmusik zu spielen", erklärte Jessica.

Dana betrachtete ihre Auszubildende sorgenvoll. Jessicas Bruder Marvin war bei den Spatzen und würde für eine Auftrittsgelegenheit noch ganz andere Dinge tun als seine leichtgläubige kleine Schwester anzuschwindeln.

„Noch viel toller wäre es doch, wenn die Jungs zeigen, was sie rettungsmäßig so draufhaben. Sie könnten zum Beispiel demonstrieren, wie man Personen aus einem Autowrack birgt. Und das aufgeschnittene Auto hinterher zu Schulungszwecken nutzen. Oder um neue Mitglieder zu gewinnen. Das Auto würde Schrott-Schorsch sicherlich gerne spenden. Das wäre nämlich gleichzeitig Werbung für seinen Schrottplatz." Dana strahlte. *Mal wieder die Welt gerettet. So einfach kann das sein. Meinetwegen kann*

diese durchgeknallte Metal-Combo auch Blumen da rein pflanzen
– Hauptsache, ich muss sie Sonntagabend nicht hören.

„Autoverwertung heißt das. So viel Zeit muss sein!"
ermahnte Brösmann. „Aber eine Übung? Ich weiß nicht,
sowas hatten wir ja noch nie!"

„Einmal ist immer das erste Mal. Das weißt du doch,
Friedhelm. Denk doch nur an damals, in Köln!" Das war
Pieta Wisskamp.

„Ach damals! Da war noch alles anders. Wir beide
machten Köln unsicher und ich hatte Gott noch nicht gefunden. Und Elfriede auch nicht", schwelgte Brösmann
in Erinnerungen. „Du warst dann plötzlich verschwunden – wohin eigentlich? – und ich hörte die Stimme des
Herrn. Gerade, als ich Frau Kiesegrüns Ladentür aufbe-
kommen hatte. Damals gab es noch nicht so viele Alarm-
anlagen wie heute."

„Die Liebe, die Liebe", sinnierte Wisskamp. „Ich
fand sie in Gestalt von Corinna. Was für ein wildes, kleines Ding sie doch war! Eine richtige kleine Wildkatze.
Ließ sich von niemandem was sagen, und wenn es der
Teufel höchstpersönlich gewesen wäre. Wir hatten eine
wunderbare Zeit, bis sich unsere Wege trennten. Dann
kamen Brasilien, Kanada, Südamerika und Australien.
Und Janet. Ich habe Brücken, Windräder und allerlei Pro-
duktionsanlagen gebaut und gutes Geld verdient. Janet
und ich hatten geheiratet und dachten, es wäre für immer.
Ach, Janet."

Er schluckte. „Und dann kam der Tag, als sie starb.
Es sollte eine Routine-Operation sein, ein ganz kleiner

Eingriff. Sie wachte einfach nicht mehr aus der Narkose auf. Danach war nichts mehr so, wie es vorher war. Ich verfiel in Depressionen, wollte einfach nur weg. Irgendwann packte ich meine Sachen und ging zurück nach Deutschland. Weil meine Schwester mit ihrer Familie hier lebt. Meine einzigen Verwandten! Und natürlich du, mein alter Freund! Und soll ich dir was sagen, Friedhelm? Es gibt in der ganzen, weiten Welt nirgends so gutes Bier wie zuhause. Und vernünftiges Brot auch nicht. Ganz zu schweigen von Elfriedes Schwarzwälder Kirschtorte!"

Jessica guckte ganz ergriffen und nahm noch ein Stück Torte. Brösmann nickte versonnen. Dana seufzte.

„Sie sind ja ganz schön rumgekommen. Ich wünschte, ich könnte auch einfach so auf Weltreise gehen!" Irgendwie war dieses Taktgefühl-Dingsda noch nie ihre Spezialität gewesen.

„Ja warum denn nicht?", fragte Jessica.

„Wegen Pfridolin natürlich", antwortete Dana.

„Kann ihr Mann denn nicht einfach mitkommen?", fragte Wisskamp.

„Pfridolin ist mein Pferd. Gucken Sie mal, so sieht er aus. Und so!" Sie hielt dem verdutzten Indiana-Jones-Doppelgänger ihr Smartphone vor die Nase.

„Doll. Wie geht denn sowas?"

„Mit moderner Technik haben Sie es nicht so, was?", rutschte Dana raus.

„Ach Gott. Ich habe mich schon vor einiger Zeit aus dem Berufsleben zurückgezogen und möchte mit diesem modernen Firlefanz gar nichts mehr zu tun haben", erwiderte ihr Gegenüber gelassen.

„Das ist aber sehr praktisch. Man kann damit auch Videos machen. Und eigentlich fast alles."

„Wo wohnt denn ihr Pferd?" fragte Wisskamp unbeeindruckt.

„Auf dem Petershof, hier in Meisenwald."

„Das kenne ich gar nicht. Ich muss anscheinend doch mal öfter aus meinem Schneckenhaus herauskommen. Früher bin ich ja auch viel geritten. Criollos und Poloponies in Argentinien, Brumbies in Australien."

„Kennen Sie auch Tinker?" Wenn Dana einmal im Pferdemodus war, war sie nicht aufzuhalten.

„Das sagt mir jetzt nichts."

„Diese irischen Zottelpferde. Pfridolins bester Freund ist ein Tinker. Zufällig hab ich ein Video von ihm." Dana wedelte so aufdringlich mit ihrem Handy vor Wisskamps Nase herum, dass dieser wohl oder übel darauf eingehen musste und sich tapfer Ausschnitte aus Melanies Reitstunde der letzten Woche ansah.

Jessica verdrehte die Augen. Manchmal war Dana ganz schön peinlich.

„Das ist ja toll, was ihr Handy alles kann", sagte Wisskamp gedehnt.

Hoffentlich zeigt Dana ihm nicht noch ein Video, sonst stirbt er an Langeweile, dachte Jessica mitfühlend.

„Ja, nicht?", strahlte Dana. „Vor allem für Reiter ist das total praktisch. Und man kann die auch verschicken. Das geht ganz einfach. Gucken Sie mal, ich habe hier noch ein paar Videos, die sie sicher interessieren werden."

Wisskamp verdrehte die Augen.

Brösmann kam seinem alten Freund zu Hilfe und wechselte das Thema: „Also dann ist das abgemacht. Die Spatzen unterstützen die Kapelle." Er hakte einen Punkt auf seinem Notizblock ab.

Dana erwachte aus ihrer Pferde-Trance.

Er sieht aus wie Petrus. Wie kann so ein niedlicher alter Mann mich so böse aufs Kreuz legen?

***

Ich ahnte schon nichts Gutes, als ich früher als sonst von der Weide geholt wurde. Und richtig: Der Schmied war da und sollte mir zu neuen Hufeisen verhelfen. Viel schlimmer war allerdings, dass damit ganz klar die Erwartung der Frau verbunden war, ich möchte doch bitteschön mein Dasein als Reitpferd fortsetzen. Und das, wo ich mich gerade so wunderbar an das faule Herumlungern auf der Weide gewöhnt hatte. Schließlich bin ich Freizeitpferd, da darf man es mit dem Sport nicht übertreiben.

Und mal ehrlich: Dieses auf-der-Weide-Rumstehen-und-Gras-essen ist auf seine Art auch anstrengend. Ganz zu schweigen von den gruppendynamischen Prozessen.

Da kommt man nach Fliegenspray stinkend, womöglich noch mit so einer hässlichen Gardine vor der Nase, auf die Weide und die Mädels stehen grinsend am Zaun. Nach dem Geläster von gestern musste ich die Zicken von der Stutenweide erstmal daran erinnern, wer hier der amtierende Fast-Hengst ist.

Imponiertrab trotz weißem Bein und Hufschuh?

Check.

Erfrischendes Bad in der einzigen Schlammpfütze weit und breit?

Check.

Dabei lässiges Halfterabstreifen?

Nochmal Check.

Manchmal muss ein Fast-Hengst eben tun, was ein Fast-Hengst tun muss. Nicht, dass ich mich vom Urteil anderer abhängig machen würde, so ist das nicht. Ich genieße es auch keineswegs, wenn sie begeistert um mich rumstehen und mich anfeuern: „Los, noch einmal wälzen! Es hängt nur noch über einem Ohr, gleich hast du es geschafft!" So etwas lässt mich natürlich völlig kalt. Oder wenn ich als Halfterloser Held bejubelt werde. Oder, wie Peppy es formulierte, Halfterloser Held Mit Extra Fliegen.

Zur Strafe habe ich nur Stuti angelächelt und Peppy ignoriert. Ich weiß aber, dass sie nur so cool tut und sich insgeheim nach mir verzehrt. Wie alle, eigentlich. Außer den Wallachen. Die waren neidisch. Macht mir aber gar nichts. Nee, wirklich. Zugegeben, es ist nicht einfach, so toll und gleichzeitig so bescheiden zu sein, aber ich verfüge halt über besondere Talente.

Ich hatte mich aber bemüht, meinen Charme ungefiltert auf Stuti loszulassen, um Peppy und Faxe nicht noch mehr zu verwirren. Faxe hatte mich nämlich auf die Vergeblichkeit meiner Bemühungen bei Peppy hingewiesen und seine Besitzansprüche deutlich gemacht.

Ich hatte ihm daraufhin mitgeteilt, dass mein Interesse an Peppy rein beruflich war. Wenn die Dame so aufgeschlossen ist und mich näher kennenlernen will, muss ich dem aus detektivischen Gründen nachgehen. Das ist rein professionelles Interesse und hat sonst nix zu bedeuten.

Bei Stuti hingegen ist es ganz anders. Ich erinnerte mich noch gut an die schier endlose Zeit, als mich Danas permanente Rumschnibbelei an meiner Mähne zum Gespött des ganzen Stalls gemacht hatte. Da hatte nur Stuti zu mir gehalten und war als einzige nicht in haltloses Gelächter ausgebrochen, wenn ich verschämt irgendwo langschlich. Wir hatten eine wunderbar romantische Zeit, bis Stuti schließlich ihr Selbstbewusstsein entdeckte und in unserer Beziehung die Hosen anhaben wollte.

Tja, und dann kam Else. Die Wuchtbrumme aus der Nachbarbox, die meine Frisur „süüüüüüüß" und mich „niiiiiiedlich" fand. Das Gute daran war, dass ich schlagartig zwei Freundinnen und also fast einen Harem hatte. Bis ich bei beiden in Ungnade gefallen war. Aber nach nur einem Tag niedlich und aufmerksam gucken hatte mir Stuti verziehen und der Himmel hing wieder voller Geigen. Obwohl ich nach Fliegenspray stank und wie ein Erdferkel aussah. Romantik pur.

„Und hier ist der Schönholz also umgebracht worden?" Suchend blickte sich Mike Kampmann, seines Zeichens Hufschmied, um.

„Also nicht direkt hier. Mehr da drüben, auf dem Parkplatz", erklärte Dana.

„Wundert mich gar nicht. Übrigens gut, dass du dem Pfridolin einen Hufschuh angezogen hast. So ist der Huf nicht so stark ausgebrochen, wie wenn er die letzten Tage komplett ohne Schutz herumgelaufen wäre. Das Hufeisen selbst hat er sich sauber ausgezogen, inklusive aller Nägel. Da hat sich wohl jemand auf der Weide wie ein Junghengst benommen, was, mein Alter?"

Er klopfte mich auf die Schulter. Ich sah ihn indigniert an. Nur, weil Mike mir regelmäßig neue Eisen verpassen durfte, berechtigte ihn das noch lange nicht zu plumpen Vertraulichkeiten.

Mike legte den Hufeisenrohling in seinen Schmiedeofen. „Die drei anderen Eisen kann ich nochmal verwenden, aber das vierte muss natürlich neu gemacht werden. Du hast es ja nicht wiedergefunden, oder?" Dana verneinte.

Sie hatte sich auch ehrlich gesagt nicht sonderlich viel Mühe bei der Suche gegeben. Ich prangere das an. Wie leicht hätte sich da jemand verletzen können! Aber so ist die Frau nun mal. Stets bemüht, aber das reicht halt nicht aus. Ich seufzte.

„Keine Angst, Pfridolin, das kennst du doch."

Der Rohling war heiß genug. Mike legte ihn auf den Amboss und dengelte aus Leibeskräften darauf ein. Anschließend sah er ihn prüfend an.

„So müsste es eigentlich passen. Ohne Eisen kannst du ja leider nicht laufen, bei den Bodenverhältnissen hier." Er tätschelte mich wieder.

Während er sich prüfend an meinem Huf zu schaffen machte, fragte er Dana: „Hast du schon gehört, was einer Kundin von mir mit ihrem Pferd passiert ist?"

Das war eine rhetorische Frage, und Dana wusste das. Mike erzählte: „Lukas hieß der. Ein ganz freundlicher, großer brauner Wallach. Superlieb, wirklich ein toller Kerl. Und Lukas war angeblich gegen Tetanus geimpft, durch den Schönholz-Heini persönlich. Mehrfach. Stand alles im Impfpass. Nur blöd, dass Lukas sich verletzt hat und Tetanus bekam. Er ist elend in der Tierklinik krepiert. Die Ärzte dort konnten ihm nicht mehr helfen und mussten ihn einschläfern.

Hast du schon mal ein Pferd mit Tetanus gesehen? Die haben Krämpfe am ganzen Körper, und schlucken können sie auch nicht mehr. Dem armen Lukas ist der Speichel nur so aus dem Maul geflossen. Zuletzt konnte er sich gar nicht mehr bewegen und hatte furchtbare Schmerzen. Dann haben ihn die Ärzte endlich erlöst, nachdem sich der arme Kerl schon fast zu Tode gequält hatte.

Tja, und dann ging die Suche los. Wieso hatte Lukas Tetanus, obwohl er doch laut Impfpass dagegen geimpft war? Und rate mal, von wem: von Dr. Kurpfuscher Schönholz persönlich! Er hatte die Impfungen immer schön handschriftlich dokumentiert. Normalerweise kommt ja der Aufkleber der Impfampulle in den Impfpass. Handschriftlich geht natürlich auch, aber man wundert sich schon, wenn das geimpfte Pferd dann genau an dieser Krankheit elendig zugrunde geht.

Sicher, ausgeschlossen ist es nicht, aber Verena hat das nicht geglaubt. Verena Schorn, die Besitzerin. Die hat den Schönholz dafür verantwortlich gemacht."

Dana standen die Haare zu Berge.

„Unglaublich! Sowas hätte ich nie für möglich gehalten!"

„Tja", sagte Mike und richtete sich auf. „Es gibt eben nichts, was es nicht gibt. Hat schon meine Omma immer gesagt. Und schließlich: bewiesen ist es nicht. Man hat halt nur ein ganz komisches Gefühl bei der Sache. Der Pfridolin ist dann übrigens fertig. Führ ihn mal bitte auf und ab, damit ich mir angucken kann, ob ich alles richtig gemacht habe."

11. Kapitel, in dem Stuti verschwindet und die Frau von einem neuen Mordmotiv berichtet

„Und stell dir vor," sagte Melanie und ihre Augen blitzten, „dann hat dieser Baumarktverkäufer doch tatsächlich nochmal nachgefragt, ob ich wirklich Kabelbinder kaufen will!"

Pfridolin und Dana waren wunschgemäß gelaufen, Mike hatte – erwartungsgemäß – alles richtig gemacht und seine Sachen wieder ins Schmiedeauto geladen, und nun war Melanie da, die von ihren Erlebnissen im Baumarkt berichtete.

„Ja, sag ich. Kabelbinder. Die brauch ich, um die Rosen hochzubinden. Das hab ich dem Fuzzi natürlich nicht erzählt. Geht den ja auch nix an. Und er so, völlig entgeistert: Ka-bel-bin-der? Und ich so: Ja, Kabelbinder. Und er wieder: Ka-bel-bin-der? Ja, Kabelbinder. Und denk mir, vielleicht hat der ja 'nen Sprachfehler. Und richtig, er sagt wieder: Ka-bel-bin-der? Und guckt mich groß an. Ja, sag ich. Ich hätte gerne Kabelbinder. Und zwar jetzt. Und denk mir, vielleicht denkt der ja auch, dass ich die für S/M-Spielchen brauche, so Fifty-Shades-of-Grey-mäßig. Ja, sagt der Verkäufer da, dann würde ich Ihnen empfehlen, in der Elektro-Abteilung nachzufragen und nicht hier bei den Fliesen."

Dana lachte: „Du kennst ja Leute!"

„Du aber auch. Was gibt's denn Neues von Guntram und unserem Mörder?"

„Heute hab ich noch keine Polizei gesehen. Aber gestern hat Guntram mich nach van de Velde gefragt. Wie man am besten beim Pferdekauf betrügt, wenn man einen Tierarzt an seiner Seite hat. Also, sinngemäß. Und dich wollte ich auch was fragen. Warum hast du dich heimlich mit Dr. Schönholz getroffen?"

„Iiiich? Mich mit Stepp-Hahn Schönholz getroffen?" Melanie gab sich betont unschuldig.

Dana guckte auffordernd.

„Und was wäre, wenn? Schließlich bin ich eine überaus attraktive Person. Es wäre nur menschlich, wenn man sich mit mir treffen will. Also wenn man ein Mann und halbwegs bei Verstand ist."

„Jetzt gib' mal nicht so an", konterte Dana.

„Du bist ja leider so hässlich, dass du dich in so eine Situation gar nicht hineinversetzen kannst", erwiderte Melanie zuckersüß.

„Und du eine selten blöde Gans. Jetzt erzähl schon!"

„Ja, schon gut. Also wir haben. Und wir haben nett miteinander geplaudert. Erwähnte ich bereits, dass der verblichene Doc ausgesprochen hübsch und charmant war?"

„Möglicherweise kannst du dich sogar daran erinnern, dass auch ich ihn kannte", knurrte Dana.

„Ach ja. Stimmt."

„Und warum hast du ihn heimlich gedatet? Da kommt man ja schon auf allerhand seltsame Ideen."

„Also so heimlich war es nun nicht. Er hat mich in der Bücherei besucht und zum Mittagessen eingeladen.

Es war auch nicht ganz so romantisch, wie du denkst. Er wollte nämlich Informationen."

„Aus deiner Kinderbücherei?"

Melanie streckte ihr die Zunge heraus und fuhr fort: „Nein, aus der Abteilung für große Kinder. Dr. S. brauchte Studien über neue Wirkstoffe bei der Lahmheitsbehandlung von Pferden. Da konnte ich ihm helfen. Und außerdem interessierte er sich für die englische Lautverschiebung des 15. Jahrhunderts. War wohl so'n Hobby von ihm. Und zuuuuufällig konnte ich ihm auch da helfen. Weil ich nämlich sehr klug und vielseitig interessiert bin."

„Wenn du nicht gerade Dackel gegen ihren Willen rettest", konnte Dana sich nicht verkneifen. „Ich wette, dem Dieter ging es ohne Pferde und mordlustige Katzen besser."

„Vielleicht", gab Melanie zu. „Immerhin darf er jetzt im Bett liegen und die Katzen greifen ihn fast gar nicht mehr an. Außer, wenn er schläft."

„Das ist möglicherweise nicht so oft. Also für Altenglisch und Medikamente hat sich unser Mordopfer interessiert? Ich glaube, das bringt uns auf der Suche nach einem Mordmotiv nicht weiter. Das hat mir aber gerade der Schmied geliefert. Mike hat mir nämlich eine haarsträubende Geschichte über ein Pferd erzählt, das angeblich von dem alten Süßholzraspler gegen Tetanus geimpft wurde und dann daran gestorben ist. Ganz schön krass für einen Impfgegner, oder? Wenn das mein Pferd gewesen wäre, hätte ich ihm eigenhändig den Schädel eingeschlagen. Und vielleicht war das kein Einzelfall. Stell' dir mal vor, der hat vielleicht kein einziges Pferd geimpft, sondern immer nur so getan, als ob!"

„Und es sich bezahlen lassen", sinnierte Melanie.

„Ach, und noch was. Die Ehefrau ist wahrscheinlich raus. Die wollte sich laut Guntram ohnehin von ihrem untreuen Ehemann trennen, weil sie selbst einen neuen Lover hat. Bliebe noch das Erbe als Mordmotiv. Der Herr Doktor hatte wohl jede Menge Schotter, wenn man der Gerüchteküche glauben darf."

***

Es half alles nichts. Beim Vortraben war ich dahingeschwebt wie ein junger Gott, und meine Hufe hatten den Boden quasi nur aus Höflichkeit berührt. Weil nämlich Bella und der nichtsnutzige Blacky, der mal wieder vom Nachbarhof ausgebüxt war, eine Schubkarre mit Möhrensäcken umgekippt hatten. Beim Versuch, die Möhren aus den Säcken zu befreien, hatte sich Blacky in der Folie eines ausgepackten Heulage-Ballens verheddert und sie hinter sich hergezogen.

Über die Möhren war ich noch souverän hinweggegangen, aber spätestens bei der raschelnden Folie machte mein Nervenkostüm Feierabend und meine Hufe tanzten Samba. Sehr zum Entzücken meiner Besitzerin, wie ich leider sagen muss. Sie führte meinen Energieausbruch nämlich auf irgendeinen imaginären Wunsch, mehr Sport zu treiben, zurück.

Ich glaube aber, sie hat wieder an den Kräutern in der Futterkammer genascht. Danach hat sie immer so abwegige Ideen. Entsprechend besorgt war ich. Nicht nur wegen der Vorstellung, gleich in der Gluthitze im sommerlichen Plüsch anmutig herumzulaufen zu müssen, während mir die Frau im Kreuz hockt, nein, auch wegen der Frau. Sie ist ja schließlich auch nicht mehr die Jüngste.

Und richtig, auch Dana war die Außentemperatur unangenehm aufgefallen. Sich bei dem Wetter in die Reitstiefel quälen, wo man die ganze Zeit in Shorts und Turnschuhen unterwegs war und die für gewöhnlich kalkweißen Beine endlich einen Hauch von Farbe angenommen hatten? Und dann noch gemeinschaftlich Schweiß vergießen und von den Fliegen aufgefressen werden?

Ach nein, fiel ihr zum Glück ein. Der Pfridolin hat ja ein neues Hufeisen. Da wollen wir es mal lieber langsam angehen lassen. Bodenarbeit im Schatten ist doch viel schöner. Da kann man auch die Shorts anlassen und weiter an der Bräune arbeiten. Nur noch schnell das Täschchen mit den Leckerlis umgeschnallt und dann kann es losgehen. Und hinterher vielleicht noch eine klitzekleine Schrittrunde durchs Gelände. Auch, wenn das mit Shorts extrem blöd aussieht und einem die Steigbügelriemen am Bein scheuern.

Gottseidank. Ich folgte glückselig dem Leckerlibeutel und der daran befestigten Frau. Auf dem Weg zum Reitplatz begegneten uns Else und Björn, die anscheinend gerade von einem Ausritt zurückkehrten.

Björn ist Elses Besitzer. Von Beruf ist er Bestatter und wird also nicht so schnell arbeitslos, wie die Frau vor sich hinmurmelte. Laut rief sie: „Hey Björn, warst du wieder im Wald, die Tiere erschrecken?"

„Ich hab schon lange nicht mehr Dudelsack gespielt. Das wird nur noch selten bei Beerdigungen gewünscht, also hab ich auch nicht mehr geübt. Nein, wir waren ausreiten, mit Marie und Companero."

„Grrrrrüß diß, hombrrre", lispelte mir Companero zu. Ich trocknete mir die Nase an Danas T-Shirt ab. Else zwinkerte mir neckisch zu. Anscheinend hatte auch sie mir verziehen.

Gut gelaunt lächelte ich Dana an.

„Naaaa gut, aber nur ein Leckerli. Weil du so süß gucken kannst."

Läuft bei mir, würde ich sagen.

Es folgte Turnen und Leckerli-Essen am Führseil, wobei ich sorgfältig darauf achtete, dass Dana mehr lief als ich. Schließlich sagt sie immer, sie würde sich mehr bewegen wollen. Da helfe ich ihr gern.

In der Box wartete schon ein liebevoll angerichteter Möhren-Snack auf mich. Nachdem ich den restlos verputzt hatte, bekam ich den Schock meines Lebens.

Stuti war weg! Um diese Zeit war sie sonst immer zuhause. Wo konnte sie nur sein? Ich dachte fieberhaft nach. Gestohlen? In der Tierklinik? Oder – Gott bewahre – weggezogen? In einen anderen Stall?

Sei es, wie es sei, mein Herz war gebrochen. In kleine Stücke zerbröselt. Ich schluchzte leise in mein Heu.

„Mit dem Husten würd' ich mal zum Tierarzt gehen." Faxe. Natürlich.

„Faxe, du gefühlloser Klotz. Die Liebe meines Lebens ist fort. Wer wird mich jetzt trotz meiner Frisur anbeten?"

„Da bin ich aber auch gespannt."

Else. Immer wenn man denkt, es kann nicht schlimmer kommen, tut es das. Und dann kommt Else und setzt dem Ganzen noch eins drauf. Sie fuhr fort: „Deine Mähnenfriseurin würde ich verklagen. Ich wusste gar nicht, wie sexy es aussieht, wenn man die Haare lang und offen trägt. Wie zum Beispiel Companero. Wirklich sehr attraktiv. Und dieser spanische Charme – umwerfend!"

„Companero lispelt und kommt in Wahrheit aus Gelsenkirchen."

„Egal!" Sie schüttelte kokett ihr geigenkastengroßes Köpfchen. „Mit DER Mähne verzeihe ich ihm alles!"

Tja. Anscheinend war meine Glückssträhne endgültig vorbei und ich wieder in der besonderen Hölle für alleinstehende Frisurenopfer.

12. Kapitel, in dem Faxe und ich die Ermittlungen intensivieren und Zeugen befragen

„Pony und Kleid? Was für ein selten bescheuerter Name!"

„Bonnie. Mit B."

„Ist das sächsisch?"

„Nein, das ist unser neuer Name. Blacky und ich wollen unsere flexible Einstellung zu fremdem Eigentum professionalisieren. Und da brauchen wir natürlich einen coolen Firmennamen", erklärte mir Bella, die eindeutig wortgewandtere Hälfte des aufstrebenden kleinkriminellen Unternehmens. „Unsere Spezialität sind Eigentumsdelikte. Außerdem sind wir Zaun- und Futtertester. Das aber ehrenamtlich. Man hat ja auch eine Verantwortung gegenüber der Allgemeinheit. Und größere persönliche Freiheiten."

Ihr Lachen klang wie Silberglöckchen.

Bella, ach Bella. Was hätte aus uns alles werden können. Aber jetzt stehst du da mit deinem neuen Freund, den keiner versteht.

Blacky blinzelte mich fragend an.

Bella übersetzte: „Und? Wie findest du es?"

Ich verdrehte die Augen. Der Tag hatte irritierend angefangen – Stuti war immer noch verschwunden! – und entwickelte sich spätestens dann in eine entschieden merkwürdige Richtung, als Blacky, den wir alle halbwegs sicher eingeknastet auf dem Nachbarhof vermuteten, selbstbewusst auf der anderen Seite des Weidezaunes auftauchte, mit einem müden Lächeln unter der untersten Litze durchkrabbelte und sich mit größter Selbstverständlichkeit an Bella heranmachte.

Freundin hin, Freundin her – nach den Schicksalsschlägen der letzten Zeit hatte ich kein Verständnis für zwei zwergenhafte Turteltauben, die große Pläne schmiedeten. Und nun hatten die beiden Minishettys mir eine Geschäftsidee präsentiert, die so daneben war, dass ich sie fast schon wieder gut fand.

„Ihr seid also kleinkriminell?", fasste ich zusammen.

„Jetzt hack nicht immer auf unserer Größe rum", maulte mich Bella an und wandte sich zum Gehen.

„Aber ihr seid Minishettys!", rief ich ihr nach.

„Und du ein Warmblöd!", war die unhöfliche Antwort. Ich fand das diskriminierend.

Seufzend wandte ich mich ab und versuchte, mein kummervolles Dasein durch viel Gras aufzuwerten. Wenigstens das Gras bleibt. Es verschwindet nicht dauernd, so wie Stuti. Andererseits war auch Blacky einmal verschwunden und im Gegensatz zu meiner Liebsten mehrmals täglich wiederaufgetaucht, um mir und dem Rest der Welt auf die Nerven zu gehen. Das alles war sehr, sehr traurig.

Faxe stubste mich an.

„Was ist, Gehilfe?", murrte ich.

„John-Boy redet wieder Quatsch."

„Das tut er doch dauernd."

„Aber diesmal ist es anders. Hör mal!"

In der Ferne hörte ich John-Boys monotone Stimme wie das Auf- und Abschwellen von Kiki, wenn sie der Frau im Reitunterricht Dinge erklärt, die die eigentlich gar nicht wissen will. Meine sonst eigentlich ganz putzige Besitzerin will nämlich von ihrer Frau Reitlehrerin nur darin bestätigt werden, dass sie ein Naturtalent ist und eh schon alles richtigmacht. Darüber haben Kiki und ich schon oft gelacht.

Wortfetzen drangen an mein Ohr. *Wenigstens singt er gerade nicht.*

„Mord aufklären … hilflos … keine Ahnung …"

Das war genug. Ich näherte mich dem Zentrum der Verschwörung. John-Boy schwenkte gerade rhetorisch um: „Ich persönlich habe ja kein Interesse an Selbstdarstellung, aber der junge Mann mit der verunglückten Frisur hier", er wies mit der Nase auf mich, „hat anscheinend ein Interesse daran, den Mörder zu überführen und da will ich mich nicht lumpen lassen. Allein schafft er es eh nicht."

Ich war empört. Keiner hier hatte den alten Knacker um seine Meinung gebeten. Nicht genug damit, dass er sich an die Mädels heranmachte, die meiner Ansicht nach alle zu meinem persönlichen Harem gehörten – also wenn ich irgendwann mal eine Mähne habe, die mich so wild und verwegen aussehen lässt, wie ich es im tiefsten Innersten bin –, nein, jetzt musste er sich auch noch in meinem Fall einmischen.

Faxe hatte bemerkt, in welch emotionalem Aufruhr ich mich befand und flüsterte mir zu: „Prima, jetzt können wir direkt alle Zeugen befragen!"

Hm. Da hatte er auch wieder recht.

„Das hatte ich sowieso vor", verwies ich ihn in seine Schranken. Wo kommen wir denn da hin, wenn Watson Sherlock Holmes sagt, was er zu tun hat. Also wirklich.

John-Boy hatte schon selbständig mit seiner Vernehmung angefangen und schilderte gerade wortreich, was er am Montag gesehen, gesagt, getan und gegessen hatte. Tine hatte ihn massiert und dazwischen ein Telefonat entgegengenommen. Dann war Dolores Degenhardt schreiend hereingestürmt.

„Ich weiß", winkte ich ab. „Das wissen wir schon."

„Was ihr Jungspunde aber noch nicht wisst, ist, dass Tine ein Motiv hatte. Dr. Schönholz hat ihr nämlich das Geschäft kaputt gemacht. Weil er ihren Kunden gesagt hat, dass sie nix kann. So. Und jetzt kommt ihr."

„Wissen wir auch schon", winkte ich lässig ab und trat nach einer Bremse unter meinem Bauch. „Praktisch jeder hatte ein Mordmotiv. Zum Beispiel dieser Friesenzüchter, dem Schönholz falsche Ankaufsuntersuchungen geliefert und der so aus kranken Pferden gesunde gemacht hat. Er selbst hat ein Alibi, aber er kann ja einen seiner Söhne beauftragt haben. "

„Ich glaube, der ist raus", mischte sich Faxe in die Diskussion ein. „Bei Menschen geht's ja immer ums Geld, das wisst ihr ja. Also: Wer Geld hat, ist glücklich. Und wer glücklich ist, bringt keine Leute um oder lässt sie umbringen. Demnach ist van de Velde raus. Der hat nämlich ein neues Auto. Und auch Geld für einen neuen Stalltrakt."

„Danke, Gehilfe. Jetzt lass' mal deinen Herrn und Meister sprechen."

Faxe sah mich spöttisch an, enthielt sich aber eines Kommentars.

Ich fuhr fort: „Die Motivsuche bringt uns so nicht weiter. Wir müssen uns mit der Leiche beschäftigen." Iieh- und Ah-Rufe ertönten. Ich machte ungerührt weiter. „Also mit der Persönlichkeit des toten Tierarztes. Ich verfüge diesbezüglich über wichtige Informationen, aber vielleicht könnt ihr auch ein paar Brosamen beisteuern. Wir müssen alle Puzzleteile zusammentragen und dann wird sich der Fall des toten Tierarztes von allein lösen."

Der Fall des toten Tierarztes, so hatte ich die aktuellen Ermittlungen getauft. Ich war sehr stolz auf meine dichterischen Fähigkeiten. Und wer weiß, vielleicht wird ja mal ein Buch daraus.

Ich zückte meinen inneren Notizblock und nahm mir vor, als nächstes „das Geheimnis der verschwundenen Stute" aufzuklären. Mit dem Ermitteln ist es wie mit dem Möhrenessen. Wenn man erst mal angefangen hat, kann man nicht mehr aufhören.

Aber der Reihe nach. Ich beschloss, erst den Mörder zu fangen und dann Stuti zu finden. Bei meinen Fähigkeiten ein Kinderspiel. Ich wandte mich wieder an meine pelzigen Helferinnen und Helfer: „Fangen wir also an. Am besten mit mir, denn ich weiß sehr viel über Dr. Schönholz, weil ich sehr klug bin."

Auch wenn meine Zuhörer es noch nicht ahnten, aber jede Information, die ich von ihnen bekäme, würde meinem glasklaren Intellekt den Mörder wie auf dem Silbertablett ausliefern. Oder wie in der Futterschüssel. Ich bin ja flexibel. Aber irgendwie auch stahlhart.

„Ihr kennt mich – Chuck Norris ist mein zweiter Vorname. Ich bin ein Muskelpaket, das nie krank wird."

Peppy tuschelte mit Lisette. Ich hörte irgendetwas von „weißem Bein" und „Tonerdepaste" und „Berufswunsch Frührentner" und sah ergrimmt zur Stutenweide hinüber. Leises Kichern ertönte.

„Trotzdem hat die Frau Dr. Schönholz zu seinen Lebzeiten mehrfach gerufen. Ich fand ihn immer sympathisch, weil er wenig Spritzen gegeben und viel mit den Besitzerinnen gequatscht hat. Wahrscheinlich, damit er nicht so viel an uns herumdoktern muss. Aber egal. Ich fand's gut. Der Frau hat er immer die tollsten Geschichten über Pferdekrankheiten und Wunderheilungen durch Energietransfer erzählt. So einer hat doch eigentlich keine Feinde, oder? Höchstens einen eifersüchtigen Ehemann!"

„Oder eine eifersüchtige Kundin?", fiel mir Else ins Wort.

Ich sah sie strafend an und fuhr fort: „Jetzt hat die Frau einen anderen Tierarzt, weil sie so superpingelig ist und ihr irgendwas bei dem Schönholz nicht gefallen hat. Vielleicht die Quatscherei. Die Frau will ja eigentlich nur sich selbst reden hören. Aber sie gibt mir nach jedem Tierarztbesuch einen Apfel", schloss ich meine Erzählung nachdenklich.

Das war offensichtlich Konrads Stichwort. Konrad (oder wie ich ihn immer nenne: das Spatzenhirn im Sportpferdekörper) erwachte aus seiner „Ich bin ein Star, holt mich hier raus"-Pose des gelangweilten Z-Promis und räusperte sich.

„Ja, Konrad?", fragte Faxe.

Konrad schüttelte seine wohlfrisierte Mähne und lächelte Faxe desorientiert an: „Oh, ist das ein Interview? Fragen Sie nur, ich bin jederzeit für meine Fans da!"

Faxe gähnte. Ich verdrehte die Augen.

„Wo ist denn das Mikrophon, junge Frau?"

Faxe wies ihn unmissverständlich darauf hin, dass er a) zwar barocke Formen hatte, aber b) keine junge Frau war und c) einfach nur eine Antwort zum Thema Dr. Schönholz wollte. Konrad schaute konsterniert.

„Und fasse dich kurz!", drohte Faxe.

Konrad schaute noch konsternierter, antwortete aber in der gebotenen Kürze. Faxe kann wirklich böse gucken, wenn er will.

„Zu mir ist er auch gekommen. Ich bin ja Sportler und muss von Profis betreut werden, wegen meiner Karriere. Dr. Schönholz wollte mich aber irgendwann nicht mehr impfen, obwohl wir Turnierpferde alle sechs Monate gegen Influenza geimpft werden müssen. Ich war auch total gesund und fit und sportlich – ihr kennt mich ja – , aber er wollte nicht. Das war keine gute Performance von ihm. Da hat sich meine Besitzerin natürlich einen anderen gesucht. Damit ich weiterhin Turniere gehen und bejubelt werden kann. Man will ja die Fans nicht enttäuschen."

Else guckte auffällig interessiert zu Konrad. Als sie meinen Blick spürte, tat sie, als wäre nix gewesen. Als ob ich es nicht mitkriegen würde, wenn sie den verpeilten Muskelprotz anhimmelt.

John-Boy meldete sich wieder zu Wort: „Von den anderen Tierärzten hab ich immer Spritzen gekriegt, von Dr. Schönholz nicht. Der wollte mich mit einem Reiki-Kaninchen behandeln."

„Mit einem was?" fragte ich.

„Mit einem Kaninchen, das mit Reiki-Energie aufgeladen wurde."

Allgemeines Staunen.

„Und was solltest du damit machen?", fragte Konrad, als die allgemeine Erstarrung allmählich wich.

„Unwissenschaftlich ausgedrückt, sollte ich es angucken. Wissenschaftlich ausgedrückt, sollte ich visuell mit ihm kommunizieren. Dadurch würde die Energie dann auf mich übertragen werden."

„Aha? Und das geht?"

„Natürlich nicht! So ein Quatsch!", meinte Faxe, der anscheinend auch in den Naturwissenschaften bewandert war.

„Nun, wir haben es nicht probiert", antwortete John-Boy geziert. „Kiki meinte, sie würde Dr. Schönholz mit einem Geld-Kaninchen bezahlen, dass sie mit finanzieller Energie behandelt hätte und er müsste nur visuell mit ihm kommunizieren, damit das Geld zu ihm fließt. Danach hat er mich nicht mehr behandelt. Komisch eigentlich."

Fanden wir auch.

„Na ja, der jetzige Tierarzt fährt auch einen ganzheitlichen Ansatz. So sagt ihr jungen Leute doch, oder? Mit Physiotherapie und so. Deshalb kommt Tine dauernd vorbei und macht Wellness mit mir. Was nicht das Schlechteste ist", beendete John-Boy seine Geschichte.

Ich fasste zusammen: Dr. Schönholz zeichnete sich durch eigenwillige Behandlungsmethoden aus, impfte nicht gern, gab noch viel weniger gern Spritzen und sprach zum Ausgleich gern mit Frauen, was allem Anschein nach auf Gegenseitigkeit beruhte. Van de Velde, der Friesenzüchter, war durch Dr. Schönholz und Betrügereien zu Geld gekommen.

Der Fall war komplizierter, als ich dachte. Nachdenklich senkte ich die Nase ins Gras.

Eine Zeitlang passierte nichts. John-Boy stimmte versuchsweise („um die Stimmung zu heben") ein besonders scheußliches Lied an, in dem die Worte „Ich bin nur ein armer Wandergesell" vorkamen, was ich als akustische Körperverletzung empfand.

„Dann geh doch wandern!", rief ich wutentbrannt. „Kann man denn nicht einmal in Frieden ermitteln, Himmelherrgott?"

„Alßo fürrrr miß ßieht daß auß wie eßßen", mischte sich Companero ungefragt ein. Zwei ganze Wörter ohne feuchtes Lispeln, das war wahrscheinlich sein persönlicher Rekord. Genervt putzte ich mir das Gesicht an Faxe ab und versuchte mich auf meine Ermittlungen zu konzentrieren.

Aber: „Wunderbar, wie kultiviert der charmante ältere Gentleman für uns singt! Und guck mal, wie gut sich das Sportpferd dort drüben bewegen kann. So elegant und muskulös! Wie im Fernsehballett!"

Else mal wieder. Typisch. Sie verdrehte schwärmerisch die Augen und tat so, als würde sie mit Peppy sprechen.

„Stimmt. Der isst aber auch nicht den ganzen Tag, sondern bewegt sich zwischendurch", zwitscherte Peppy.

„Für mich sieht das aus wie albernes Hin- und Herrennen. Auf die Gehirnzellen kommt es an, und die brauchen Energie", erklärte ich.

„Ich glaube, es wirkt schon. Das da ist doch dein Gehirn, oder?" Peppy deutete auf meinen Bauch.

Else schüttete sich aus vor Lachen. „Wenn man schon so eine scheußlich schiefe Mähne hat, sollte man wenigstens ein bisschen auf seine Figur achten. Konrad hat beides, eine schöne Figur und eine schöne Frisur. Und wie er sich bewegen kann! Hach!"

Ich seufzte. Mein Leben ist ein Trümmerhaufen. Wenn ich nicht bald den Mörder fasse, stehe ich bald in der Rangordnung knapp unter der Schubkarre, die jeder von uns schon einmal umgeschubst hat.

13. Kapitel, in dem Guntram ein Selbstgespräch führt und ich bis zur Erschöpfung weiterermittele. Außer mir kann es ja keiner.

„Und dann bekam ich einen Stoß in den Rücken, bin hingeflogen und jemand riss mir die Handtasche von der Schulter!"

Dana war noch ganz außer Atem. Ihre Augen blitzten und die Wangen waren vor Aufregung gerötet.

Nach Büroschluss hatte sie das Rathaus ganz in Gedanken verlassen. Herbert Dinkelfuss hatte sich natürlich schon vor Stunden unter Hinweis auf einen vorgeblichen Außentermin abgeseilt und Dana mit den klingelnden Telefonen des Customer Feedback Managements alleingelassen. Zum Glück war Markus noch vorbeigekommen und hatte sie mit Schokolade getröstet.

Auch Xenia hatte vorbeigeschaut. Nachdem Dana und Xenia herausgefunden hatten, dass beide begeisterte Reiterinnen waren, hatten sie sich öfters auf ein Schwätzchen getroffen. Xenia interessierte sich schwerpunktmäßig für Friesen, bei deren Vermarktung sie Gerrit van de Velde half. Sie kannte Gott und die Welt und hatte anscheinend ein besonderes Händchen dafür, das richtige Pferde- und Menschenpaar zusammenzubringen. Infolgedessen hatte van de Veldes Friesenzucht einen ordentlichen Aufschwung genommen. Dana sonnte sich während des Gesprächs in dem wohligen Gefühl, kriminalistische Ermittlungen anzustellen, denn sie hatte sich an Guntrams Interesse für den Friesenzüchter erinnert.

Und dann war es soweit: *Endlich Feierabend!* Kaum, dass Dana vor die Tür getreten war, traf sie ein kräftiger Stoß in den Rücken. Sie verlor das Gleichgewicht und fiel vornüber. Im gleichen Moment ein Ruck an der Schulter. Wütend rappelte sie sich auf. *Unverschämtheit! Sowas passiert doch sonst nur in der Bronx!*

Schnelle Schritte entfernten sich um die Ecke. Sie war allein auf der Straße. Mühsam rang sie um ihre Fassung. Und wie jeder Mensch, der unter Schock steht, suchte sie die Sicherheit einer vertrauten Umgebung. Sie setzte sich ins Auto und fuhr auf den Petershof, wo sie sich unter Freunden wusste.

„Unglaublich!" Melanie war entsetzt. „Und sowas hier, in unserem braven, kleinen Meisenwald! Warst du schon bei der Polizei?"

„Ich wollte zuerst hierhin, mich beruhigen. Die Brieftasche und das Portemonnaie hab ich ja auch wiedergefunden. Den Schlüsselbund hatte ich in der Hosentasche, so dass der Dieb jetzt mit einer Handtasche mit zirka fünf Kilo alten Kassenbons, einem Vertragshandy, Schminkzeug und Pferdeleckerli unterwegs ist. Das Handy kriege ich sofort ersetzt, so dass ich eigentlich mit dem Schrecken davongekommen bin."

„Hast du dir wehgetan?"

Dana winkte ab. „Nur ein paar Prellungen."

„Soll Tine sich das mal anschauen? Wir haben nämlich gleich einen Termin für Faxe. Ich wollte ihm auch mal Wellness gönnen und dachte mir, dass Tine da gleich mal nach seinen Blockaden gucken kann. Und wo sie doch Physiotherapie für Mensch und Tier kann?"

Melanie wartete ihre Antwort gar nicht ab, sondern winkte der schlanken Gestalt auf dem Parkplatz zu.

„Huhu, Tine! Hier sind wir!"

Schwer bepackt wankte die Physiotherapeutin auf sie zu.

„Was hast du denn bloß alles dabei?", erkundigte sich Melanie.

Tine stellte ihre Taschen ab und zählte auf: „Mein Bale. Das ist der große bunte Quader hier. Auf den stelle ich mich gleich drauf, um Faxes Rücken besser von oben behandeln zu können. Die Magnetfelddecke. Die brauche ich nämlich fast immer. Vier Balanceboards für Faxe zum Ausprobieren. Die sind ganz prima! Die Pferde stehen darauf und balancieren sich aus. So bekommen sie mehr Gefühl für sich selbst und für die ganz kleinen Bewegungen. Propriozeption nennt sich das, auf Deutsch Eigenwahrnehmung. Und dann hab ich noch den Inhalator mit, der ist aber eigentlich für euren Nachbarstall. Den verleihe ich dort. Mehr ist das nicht."

„Ah so", nickte Melanie mit großen Augen. „Ja dann…"

„Sollen wir dann direkt anfangen?", erkundigte sich Tine.

„Wenn du vielleicht vorher noch ein professionelles Auge auf Dana werfen könntest? Die ist vorhin überfallen worden und ist jetzt ein bisschen neben der Spur."

„Gar nicht wahr. Ich bin die Ruhe selbst!!", zeterte die Patientin.

„Ich sehe schon. Leichter Schock und akute Verspannung. Eine halbe Stunde unter der Magnetfelddecke und du fühlst dich wie neu!", bot Tine an. Und so kam es, dass Dana mit der Magnetfelddecke kuschelte, während Faxe von Tine behandelt beziehungsweise getätschelt wurde und ich mir furchtbar vernachlässigt vorkam.

***

Guntram saß im Schatten der alten Kastanie. Von dort hatte man einen guten Blick auf den Reitplatz. Um ihn herum saßen Dana, Melanie und Felix, der angestrengt so tat, als würde er seinen Sattel putzen und fast gar nicht zuhören. Dieter, der Dackelwelpe, schlief im hohen Gras. Dana hatte unter Tines Wunderdecke neue Kräfte geschöpft und Guntram und allen anderen mit neuer Energie von ihrem Überfall erzählt. Sie selbst nannte es allerdings Attentat. „So eine Frechheit! Die schöne Handtasche! Und blaue Flecken hab ich auch!"

„Das kann ein Zufall sein, der Überfall kann aber auch im Zusammenhang mit unseren Ermittlungen stehen. Der aktuelle Sachstand ist nämlich der …" Er sah sich um. „Ich führe übrigens gerade ein Selbstgespräch. Aus ermittlungstaktischen Gründen."

Melanie war in Gedanken noch bei Tine und guckte ratlos.

Dana erklärte: „Die Polizei kommt mit ihren Ermittlungen gerade nicht weiter, weshalb wir Guntram helfen sollen. Und weshalb er uns streng geheime Polizei-Interna verraten wird. Was er natürlich nicht darf."

Sie lächelte ihn auffordernd an.

„Ich mache jetzt mal mit meinem Selbstgespräch weiter. Wir – also ich – haben es zum einen mit gefälschten Ankaufsuntersuchungen, kurz AKUs, zu tun. Zum anderen mit einem toten Tierarzt. Die gefälschten AKUs stammen zweifelsfrei von Dr. Schönholz. Wir haben das Pferd gefunden, von dem die Aufnahmen stammen. Es war ein Deckhengst vom hiesigen Friesengestüt. Bei den Ermittlungen war nämlich aufgefallen, dass alle Röntgenbilder, die nicht zu den gekauften Pferden passen, von ein- und demselben Pferd stammen, das -zigmal geröntgt wurde. Dabei wurde jedes Mal ein anderer Name in die Röntgendatei eingegeben. Beim digitalen Röntgen gibt es nämlich die Besonderheit, dass die eingegebenen Pferdenamen nicht nachträglich überschrieben werden können. Es muss also jedes Mal neu geröntgt werden. Dieser Fall ist also so gut wie aufgeklärt."

Er sah sich beifallheischend um.

„Du führst ein Selbstgespräch", erinnerte ihn Dana.

„Ach ja."

„Dann hätte also jeder, der ein Pferd mit einer falschen AKU gekauft und es gemerkt hat, ein Mordmotiv."

„Eigentlich nicht. Die Pferde wurden ja nicht von Dr. Schönholz, sondern von Gerrit van de Velde verkauft. Er ist derjenige, an dem sich die Käufer rächen wollen."

„Ich fand den Schönholz eigentlich immer ganz nett", sinnierte Dana.

„Du findest jeden nett, mit dem du über Pferde reden kannst", erinnerte sie Melanie.

Guntram speicherte diese Information für später.

„Zum anderen haben wir einen Mordfall. Dr. Schönholz wurde am Morgen des 21. 08. zwischen 7.00 und 9.00 Uhr getötet, und zwar durch stumpfe Gewalteinwirkung. Anscheinend hat fast jeder, der mit ihm zu tun hatte, ein Mordmotiv.

Erstens: Die Ehefrau. Schönholz hat sie betrogen. Weiterhin hat er das seinerzeit vorhandene Geld durch Fehlinvestitionen verloren und sich dann mit geliehenem Geld verspekuliert. Aber er hat eine sehr, sehr hohe Lebensversicherung. Muss ich noch erwähnen, dass die Ehefrau Alleinerbin ist?

Zweitens: Das Verhältnis. Dolores Degenhardt ist jetzt so richtig traurig, weil sie es war, die unserem verehrten Herrn Tierarzt Geld geliehen hatte. Für eine angeblich todsichere Sache. Weil der Arme grad nicht so liquide war. Das Geld ist weg und niemand wird ihr den Schaden ersetzen. Sie war hierhin in den Stall gekommen, um das Geld zurückzufordern. Die Rückzahlung war nämlich schon lange überfällig und sie brauchte das Geld selbst, um Rechnungen zu bezahlen. Schönholz hatte sich vorher immer um ein Gespräch gedrückt, weshalb sie ihn schlussendlich hier auf dem Petershof zur Rede stellen wollte. Als sie seine Leiche fand, hat sie das so mitgenommen, dass sie wegen eines Schocks ins Krankenhaus musste."

„Das heißt nichts," erklärte Melanie. „Sie kann auch einfach eine gute Schauspielerin sein. Ich war früher auch immer im Sportunterricht krank und keiner ist mir draufgekommen."

„Was hätte sie denn dann für ein Mordmotiv gehabt?"

„Wut. Oder Verzweiflung, weil sie das Geld so dringend brauchte."

„Frauen erschlagen aber keine anderen Leute. Sie vergiften ihre Opfer", wusste Dana aus ihrer umfangreichen Krimi-Lektüre.

„Dolores ist eine große, starke Frau. Rein körperlich hätte sie das schaffen können."

„Jeder hätte ihn erschlagen können. Man muss nur einen Vorwand finden, damit er sich umdreht und bückt – und BÄM!", warf Felix ein, der schon lange nicht mehr so tat, als würde er seinen Sattel putzen.

„Dolores hätte ihn also umbringen können. Psychologisch ist es aber unwahrscheinlich, dass sie die Mörderin ist."

„Was ist denn mit der Tierarztwitwe? Die kassiert jetzt die fette Lebensversicherung – wenn das kein Mordmotiv ist…", ereiferte sich Dana.

„Vergesst es", winkte Felix ab. „Habt ihr in der Zeitung von der Apothekerin gelesen, die bei einer Möbelrestaurierung in einem Geheimfach verschollen geglaubte Familienjuwelen gefunden hat? Die Apothekerin war mit einem Tierarzt verheiratet.".

„Nee, ne?", kam es von Dana.

„Woher weißt du das?", fragte Guntram.

„Ratet mal, welcher Möbeltischler die Restaurierung durchgeführt hat. Das waren vielleicht fette Klunker."

Felix' Gesicht bekam einen sehnsüchtigen Ausdruck. Als ehemaliger Fast-Schwiegersohn reicher Leute, der in seiner Tischlerei ein anspruchsvolles, man könnte auch sagen versnobtes, Publikum bediente, hatte er ein Händchen für edle Möbel. Und anscheinend auch ein Gespür für besondere Preziosen.

„Und das erzählst du erst jetzt? Wir ermitteln uns einen Wolf und du kannst ein Geheimnis hüten. Sauber."

„Mich hat ja keiner danach gefragt", rechtfertigte sich Felix.

Bei weiterer Nötigung durch Guntram erzählte Felix, die Tierarztwitwe hätte ihn um Hilfe bei einer Möbelrestaurierung gebeten. In der betreffenden alten Kommode habe sich ein Geheimfach mit Schmuck befunden.

„Das klingt ja wie in einem Buch!", kritisierte Melanie.

„Aber genau so war es. Es stellte sich heraus, dass das der lang verschollene Familienschatz war. Madame entstammt nämlich altem französischem Adel."

„Wenn das Frau Schmidtke erfährt!", rief Dana.

„Um Himmels willen! Ich musste Ariane schwören, niemandem ein Sterbenswörtchen zu verraten. Das wäre auch hochgradig unprofessionell.“

„Ariane. Soso“, bemerkte Melanie spitz.

„Wenn man in einer so speziellen Branche wie der meinigen mit ihrer handverlesenen Kundschaft einen so ungewöhnlichen Auftrag ausführt, kommt es durchaus vor, dass man sich duzt“, antwortete Felix geziert.

„Ariane hat demnach kein Mordmotiv, wenn sie jetzt selbst so reich ist“, stellte Dana fest.

„Doch, Eifersucht! Oder zumindest verletzte Gefühle“, teilte Melanie mit.

„Nein, sie hat doch selbst einen Lover“, winkte Guntram ab.

„Vielleicht wollte der den lästigen Ehemann aus dem Weg schaffen?“, schlug Dana vor.

„Das ist jetzt aber arg weit hergeholt. Es gibt ja noch andere Verdächtige. Drittens: Gerrit van de Velde. Wenn er nichts mit den falschen Ankaufsuntersuchungen zu tun hatte, ist er aber theoretisch aus dem Schneider.“

„Falls Schönholz sich nicht an seine Frau herangemacht hat und er ihn aus Eifersucht erschlagen hat“, betonte Melanie.

Melanie hat es aber mit der Eifersucht, dachte Dana. Wusste gar nicht, dass es ihr mit Felix so ernst ist.

„Wenn van de Velde mit Schönholz zusammengearbeitet hat“, fuhr Guntram mit mahnendem Blick und erhobenem Zeigefinger fort „und beide von den Betrügereien beim Pferdeverkauf profitiert haben, sind mehrere

Möglichkeiten denkbar." Er sah seine Zuhörer an und wartete auf Antworten.

„Selbstgespräch, wie?", murrte Felix, tat ihm aber den Gefallen. „Schönholz wollte aussteigen, Schönholz wurde zu gierig oder Schönholz hat sich an die bezaubernde Emilia herangemacht." Van de Veldes schöne Frau hatte offensichtlich auch Felix beeindruckt. Melanie guckte kritisch.

„Oder die beiden haben sich aus irgendeinem anderen Grund in die Köppe gekriegt", fasste Dana zusammen. „Ich versuche mal, Xenia unauffällig auszuhorchen. Meine neue Kollegin, die für van de Velde Pferde vermittelt. Sie kennt angeblich Gott und die Welt und weiß immer, wer was für ein Pferd sucht."

„Gute Idee", fand Guntram. „Sei aber vorsichtig, vielleicht hängt sie in der Sache mit drin."

Wie aufregend! Diesen Aspekt hatte Dana ja noch gar nicht bedacht. Wo war eigentlich Xenia gewesen, als sie überfallen wurde?

„Dann gibt es aber noch andere Verdächtige", fuhr sie fort. „Nämlich all die Pferdebesitzer, deren Pferde durch Dr. Schönholz falsch behandelt wurden und dadurch zu Schaden gekommen sind. Mindestens zwei sind gestorben. Moment, wie war das noch? Der Name der Besitzerin fällt mir gerade nicht ein, aber das Pferd hieß Lukas."

Guntram verdrehte die Augen. Typisch Pferdeleute. Menschennamen können sie sich nicht merken, aber frag sie mal zehn Jahre später nach einem Pferdenamen!

„Wie heiße ich eigentlich?" fragte er und registrierte erstaunt und beglückt, dass sie mit „Guntram natürlich" antwortete. In seinem Inneren breitete sich rosaroter Nebel aus. Er lächelte seine Lieblingspferdebesitzerin verträumt an.

„Und dann war da noch Sunset, die wegen einer falsch behandelten Kolik eingeschläfert werden musste und Piccolina, die durch Schönholz' Verschulden auf einem Auge blind ist", zählte die weiter auf. „Und das sind nur die, von denen ich gehört habe. Es gibt bestimmt noch mehr."

„Was ist denn mit Tine, der Pferdephysiotherapeutin?", fragte Melanie.

„Auf die wäre ich sowieso noch zu sprechen gekommen", beschwichtigte Guntram. „Schönholz hat ihr massiv das Geschäft verdorben und ihre Kunden an Dolores Degenhardt weitergereicht. Da kann man sich schon rächen wollen."

„Das gleiche gilt für alle anderen Pferdebehandler. Schönholz hat ja jeden außer seiner Dolores schlechtgemacht", antwortete Melanie.

Guntram seufzte. „Wo soll man da anfangen zu suchen? Der Mann hatte anscheinend ein besonderes Talent dafür, anderen in die Suppe zu spucken."

„Gleichzeitig war er aber auch sehr charmant und hat nichts anbrennen lassen", erinnerte ihn Dana. „Ich würde auch alle Ehemänner und sonstige Beziehungspartner verdächtigen."

„Also eigentlich jeden", fasste Guntram niedergeschlagen zusammen. „Wir werden die trauernde Witwe nochmal besuchen und außerdem die Patientenkartei durchgehen."

Es rumste. Alle sahen auf. Faxe hatte sich geräuschvoll gegen die Paddockeinzäunung geworfen und schubbelte sich den Hals an der metallenen Querstange. Dieter erkannte seinen Erzfeind und warf sich schutzsuchend Melanie zu Füßen.

„Seht nur, wie die Pferde da alle in Reih und Glied auf ihren Paddocks stehen und uns angucken! Als würden sie jedes Wort verstehen!" Das war natürlich Dana.

Ich machte mein niedliches Keksgesicht und lächelte sie an. Dieses Ermitteln war doch anstrengender als ich dachte. Nach so vielen Informationen brauchte ich einfach eine kleine Stärkung.

Dana vergewisserte sich, dass sie ausreichend Pferdeleckerli in der Tasche hatte und kam zu mir. Ich brummelte sie an und ihr Herz zerfloss in Seligkeit. Meines auch.

Rasch löste sich die kleine Runde auf. Melanie sammelte Dieter ein und Guntram musste zurück ins Büro. Auf dem Weg zum Parkplatz führte er ein weiteres Selbstgespräch: „Sie weiß, wie ich heiße! Und ich bin kein Pferd!" Er machte einen albernen Luftsprung.

Felix musterte ihn kopfschüttelnd.

14. Kapitel, in dem Dana eine neue Verdächtige entdeckt und ich ein romantisches Wiedersehen feiere. Außerdem findet die Polizei geheimnisvolle Gegenstände.

Obwohl es Samstag war, ging Dana ins Büro. Heute fand nämlich die allerletzte Besprechung für das Feuerwehrfest statt. *Gottseidank ist morgen der große Tag,* dachte sie. Das ewige Kuchenessen hatte allmählich seinen Reiz verloren. Sogar Jessica als bekennender Vielfraß zeigte angesichts der immer neuen Köstlichkeiten erste Ermüdungserscheinungen.

So ganz nebenbei wurde dann noch dieses oder jenes Detail des Events, vulgo Feuerwehrfest, besprochen. Der Einsatz der headbangenden Meisenwalder Spatzen als Unterstützung der Kapelle war dank Pieta Wisskamps Intervention noch einmal besprochen und verworfen worden. Die stattdessen angesetzte Übung stand und war soweit in trockenen Tüchern. Auch die Hüpfburg stand, ebenso die Drehleiter und das Festzelt.

Die Feuerwehroldtimer, die am Autokorso teilnehmen sollten, warteten geschniegelt und gestriegelt im Innenhof des Rathauses. Lieferanten eilten emsig hin und her, um die festen und flüssigen Köstlichkeiten dorthin zu bringen, wo sie nach einer Nacht im Kühlwagen von hungrigen und durstigen Meisenwaldern verzehrt werden würden.

Lediglich der Feuerwerker hatte eine Frage. Ob man das große Abschlussfeuerwerk nicht ausnahmsweise woanders aufbauen könne. Auf dem Weg ins Rathaus habe er überlegt, dass es doch viel reizvoller wäre, wenn sich die Raketen in der Meise spiegeln würde.

Dieser kleine Flusslauf – oder ehrlicher: Bach – war gemeinsam mit einem Wäldchen für die Namensgebung des Ortes verantwortlich. Sie verlief zwar etwas außerhalb, weil sich die ersten Meisenwalder (und die nachfolgenden Generationen) klugerweise nicht direkt am Fluss (oder Bach) angesiedelt hatten, sondern auf einer kleinen Anhöhe, aber die Besucher könnten ja dorthin gefahren werden. Zum Beispiel durch die Feuerwehr.

Friedhelm Brösmann war entsetzt. Das Feuerwerk finde dort statt, wo es immer stattfinde und basta. In all den Jahren als Leiter der freiwilligen Feuerwehr habe er so etwas nicht erlebt.

Dana warf ein, wegen ihr könne der ganze Feuerzauber irgendwo in der Südsee stattfinden anstelle von Meisenwald. Ihr Pferd wüsste so etwas nicht zu schätzen und sie auch nicht, jawohl. Überhaupt gehöre Feuerwerk und Silvester verboten.

Das war jetzt vielleicht ein bisschen unprofessionell, meldete sich eine kleine und oft überhörte Stimme in Dana zu Wort.

„Das war natürlich ein Scherz. Haha", meinte sie wenig überzeugend. „Herr Krämer, es tut mir leid, aber ich glaube auch, dass wir so kurzfristig nicht mehr umswitchen können, obwohl die von Ihnen vorgeschlagene

Location zweifellos reizvoll ist. Von daher bin ich dafür, bei der ursprünglichen Planung zu bleiben."

Brösmann und Wisskamp nickten beifällig.

Johannes Krämer, der Feuerwerker, in dem kurzfristig die Künstlerseele erwacht war, seufzte und fügte sich ins Unvermeidliche.

Nachdem er das Besprechungszimmer verlassen hatte, meldete sich Jessica zu Wort: „Kann ich bitte noch ein Stück Pflaumenkuchen? Der ist sooo lecker! Warum kann denn das Feuerwerk nicht an der Meise stattfinden? Ich würde das voll schön finden."

Bröskamp, schon halb besänftigt, weil Jessica auch in dieser Besprechung tapfer Kuchen in sich hineingeschaufelt und nicht mit Lob gegeizt hatte, antwortete: „Wir können ja nächstes Jahr darüber nachdenken. Aber nicht dort, wo die Leiche gefunden wurde!"

„Das war ja nicht direkt an der Meise, sondern bei Frau Dirksen im Reitstall."

„Nur auf dem Parkplatz", wehrte Dana ab. „Nicht im Stall."

„Auf dem Parkplatz vom Petershof also", erklärte Jessica. „Er wurde in seinem eigenen Auto erschlagen."

„Petershof, Petershof. Wo ist das nur?", sinnierte Pieta Wisskamp. „Als Sie mir neulich auf dem Handy dieses schöne Pferdevideo gezeigt haben, hab ich richtig Lust bekommen, mir Ihren Stall einmal anzuschauen. Wissen Sie, die Pferde fehlen mir schon."

Ach Indy. Du und ich…. Wenn du nur zwanzig Jahre jünger wärst. Oder dreißig.

„Wenn Sie den Ort in diese Richtung verlassen", Dana wedelte mit der Hand, „zweimal rechts abbiegen. Ganz leicht zu finden. Praktisch nicht zu verfehlen." *Das wär's doch. Indy auf dem Petershof. Da würde sogar Kiki staunen, wenn Wisskamp von Poloponies und Brumbies erzählt.*

„Schönholz hieß der Tote. Er war Tierarzt. Ich kannte ihn sogar. Der sah richtig gut aus. Bis zuletzt."

Das ist jetzt aber eklig. Jessica hat überhaupt ein geradezu unheimliches Interesse an dem Mordfall. Und woher weiß sie das eigentlich alles?, dachte Dana. *Das mit dem Auto stand nicht in der Zeitung, da bin ich mir ganz sicher. Vielleicht Täterwissen?* Etwas in ihr schreckte davor zurück. *Vielleicht war sie auch nur dabei. Das ist aber fast genauso schlimm. Ich muss dringend Guntram anrufen!*

„Also ich kannte den nicht. Du, Friedhelm?", erkundigte sich Wisskamp.

„Nicht, dass ich wüsste. Er war anscheinend einer der wenigen, der immer vernünftig geparkt hat." Brösmann lachte herzlich und stimmte zu, als Dana eine Pause vorschlug.

Sie eilte in ihr Büro.

***

Rosen sind rot,
Veilchen sind blau,
Gras ist lecker,
das macht kein Gemecker.

Im Gegensatz zu den anwesenden Damen nämlich. Else hatte viele hässliche Dinge über mein zartes Bäuchlein gesagt, was mir aber zum Glück nicht den Appetit verdorben hatte. Dann bin ich halt wieder Single. Wie Sherlock Holmes. Wenigstens mein getreuer Watson alias Faxe hielt zu mir. Wenn er nicht gerade mit Peppy turtelte. Mürrisch beobachtete ich ihn. Peppy beobachtete zurück. Und lästerte über mich, da war ich mir sicher.

Doch da – was sah mein kummerumwölkter Blick? Das Weidetor öffnete sich und die Sonne ging auf. Stuti war wieder da! Sie war nicht umgezogen oder verkauft oder gar beides!

Ich lief zu ihr. Sie lief zu mir. Das war sehr romantisch. Leider liefen auch alle anderen zu ihr, so dass es am Zaun ein ordentliches Gedränge gab. Wie im Reitsportgeschäft, wenn alle rosa und pinken Artikel nur noch die Hälfte kosten. Die Frau spricht oft davon. Mit einem Glanz in den Augen, den ich jetzt auch hatte.

Meine Pupillen formten sich zu Herzchen und ich sagte: „Stuti!"

Und sie: „Pfridolin!"

Und ich: „Stuti!"

Und sie: „Pfridolin!"

Bis sich Lisette, die Leitstute, einschaltete und mich für bekloppt erklärte, „aber das gilt schließlich für jeden auf der Wallachweide".

Schönen Dank. Da ist man einmal romantisch, weil die Mädchen behaupten, auf so was zu stehen, und das ist nun der Dank dafür. Ich streckte Lisette die Zunge raus und blieb, wo ich war. Am Zaun zur Stutenweide. Ich hörte den Stromzaun ticken und lächelte Stuti verwegen und heldenhaft an. *Jetzt bloß nicht unbedacht bewegen, sonst krieg ich eine gewischt.*

Gottseidank blieb Stuti bei mir stehen und lächelte zurück.

„Wo warst du?"

„Zusammen mit Kiki in einem anderen Reitstall. Kiki sagt, es war ein Lehrgang." Sie sah mich stolz an.

„Und was habt ihr da geleert? Futtereimer?"

„Gelernt haben wir was. Nämlich Selbstbewusstsein und Springen."

Sie wandte sich ab und galoppierte anmutig davon. Ich sah ihr verträumt nach. Ich MAG Mädchen mit Temperament!

***

Endlich war Dana in ihrem Büro angekommen. Mit fliegenden Fingern wählte sie Guntrams Handy-Nummer.

„Fritz!" meldete sich Guntram.

„Guntram!" rief Dana.

„Dana!"

„Ja genau. Hör mal, ich glaube, ich habe den Fall gelöst. Meine Auszubildende Jessica hat gerade ganz komische Sachen erzählt und das hörte sich so an, als wäre sie dabei gewesen, als Schönholz umgebracht wurde."

Sie berichtete von der Besprechung und von Jessicas merkwürdigen Äußerungen. „ ‚*Er sah gut aus, bis zuletzt. Und wurde in seinem eigenen Auto erschlagen.*‘ Das stand doch nicht in der Zeitung! Und das kann also nur der Mörder wissen. Oder seine Helferin." Sie konnte sich ihre süße, verfressene Azubine einfach nicht als eiskalte Killerin vorstellen. Als Helferin dagegen schon.

„Leider ist das kein alleiniges Täterwissen. Zum einen stand recht viel davon in der Zeitung, zum anderen ist die Leiche ja durch deine Reiterfreunde gefunden worden. Und die kann man zum Stillschweigen vergattern, soviel man will, sie sind auch nur Menschen und sprechen über das, was sie erlebt haben. Deshalb glaube ich nicht, dass deine Jessica mit dem Mord zu tun hatte. Aber ich hab was anderes herausgefunden."

„Was denn?"

„Du glaubst es nicht."

„Ich glaub es nicht", sagte Dana folgsam. „Was denn genau?"

„Dr. Schönholz war gar kein Doktor. Der hat nicht nur Ankaufsuntersuchungen gefälscht, sondern sogar seine eigene Approbation."

Guntram hatte nochmal mit der trauernden Witwe gesprochen und dabei herausgefunden, dass der verblichene Gatte ein Betrüger durch und durch war. Zwar hatte er tatsächlich erfolgreich Tiermedizin studiert, („Wenigstens das", meinte Dana), bei den abzulegenden Prüfungen jedoch so schwache Nerven gezeigt, dass ein Bestehen ausgeschlossen erschien. Schlussendlich hatte er sein Prüfungszeugnis gefälscht und sich so die Approbation, also die Erlaubnis, als Tierarzt arbeiten zu dürfen, ergaunert.

„Aber den Doktortitel hat er ganz ehrlich gekauft. Bei einer von diesen Fantasie-Universitäten in den USA nämlich. Und mit echtem Geld bezahlt", schmunzelte Guntram.

„Anscheinend hat das seinen Nerven gutgetan, ansonsten hätte er die Betrügereien ja nicht fortgesetzt", kommentierte Dana trocken.

Weiterhin hatte die Witwe mitgeteilt, keinerlei Geldsorgen zu haben. Die Apotheke laufe gut, zudem habe sie kürzlich einen Schatz gefunden, so bescheuert sich das jetzt anhören möge.

„Und das", meinte Guntram, „habe ich ihr sogar geglaubt. Zwei Leute können sich eine so unwahrscheinliche Geschichte gar nicht ausdenken. Zumal sie sich ohnehin von ihrem Mann trennen wollte. Eifersucht als Motiv fällt also flach, ebenso Geldgier. Ganz abgesehen davon hatte sie ein Alibi. Sie stand nämlich brav in ihrer Apotheke hinter der Ladentheke. Wer noch ein Alibi hat, ist der Friesenzüchter, wie heißt er noch gleich…"

„Gerrit van de Velde."

„Richtig. Der war nämlich auf einer Zuchtschau, wo ihn zig Leute gesehen haben. Und jetzt muss ich los, mein Azubi wartet schon. Eine Routine-Vernehmung, aber der Junge muss ja was lernen."

***

„Und wann haben Sie Dr. Schönholz zum letzten Mal gesehen?" Jonas Schöller sah Tine Schubert streng an und spielte mit seinem Kuli. Jonas hatte die Befragungstechniken schon gut drauf, fand Guntram. Dafür, dass es erst seine fünfte Vernehmung war, schlug er sich wacker.

„Am Montag. Frau Degenhardt hat mir seine Leiche gezeigt."

„Ach." Jonas stutzte, hatte sich aber schnell wieder gefangen. „Und als er noch gelebt hat? Wann haben Sie ihn da zum letzten Mal gesehen?"

„Das weiß ich gar nicht mehr. Wir hatten keine gemeinsamen Patienten mehr, weil er ja nur noch Frau Degenhardt empfohlen hat."

„Aber früher hatten Sie gemeinsame Patienten?"

Eine ausgefuchste Fragetechnik, dachte Guntram bei sich. Das hat er alles von mir gelernt. Nur böse gucken kann er nicht. Das liegt an den großen braunen Augen. Und daran, dass er eigentlich zu nett für den Beruf ist.

„Ja, aber das ist schon lange her", erklärte die Pferdephysiotherapeutin.

„Dann kennen Sie also Dr. Schönholz' Vorgehensweise?"

„Ich denke schon. Die ist ja bei allen Tierärzten ähnlich."

„Dann schauen Sie mal." Jonas schob eine Handvoll halbleerer Impfampullen zu ihr hinüber. „Die haben wir im Tierarztauto gefunden. Und ganz viele Flaschen mit Kochsalzlösung. Hier ein Impfpass mit handschriftlichen Eintragungen. Was hat das wohl zu bedeuten?"

Er sah sie hilfesuchend an.

Tine sah in Jonas' treue Dackelaugen und schluckte.

„Das hier fällt mir sehr schwer", sagte sie zögernd. „Weil es um Pferde geht. Und ich mindestens eins davon kannte."

„Was haben denn diese Impfampullen zu bedeuten?"

„Dr. Schönholz war eigentlich Impfgegner. Keine Ahnung, warum. Das war bei ihm anscheinend eine Glaubenssache. Er hat geglaubt, Impfungen wären gesundheitsgefährdend. Deshalb hat er bei den Impfungen getrickst und den Impfstoff mit Kochsalzlösung gestreckt. Mindestens einmal hat er auch nur Kochsalzlösung injiziert und behauptet, das wäre der Impfstoff. Ich weiß das, denn ich habe ihn dabei beobachtet, wie er die Kanüle aufzog. Deshalb hat er auch mindestens ein Pferd auf dem Gewissen. Nämlich Lukas." Ihr kamen die Tränen.

Jonas guckte seinen Chef hilflos an.

Guntram zuckte überfordert die Achseln. *Wenn sie weinen, weiß ich auch nie, was ich tun soll.*

„Das Pferd meiner besten Freundin. Es ist an Tetanus gestorben." Gottseidank hatte Tine selbst ein Taschentuch. Sie benutzte es ausgiebig und machte tapfer weiter. „Lukas war in der Klinik und hat so entsetzlich gelitten.

Wir haben ihn jeden Tag besucht und konnten ihm nicht helfen. Es war so furchtbar. Obwohl Dr. Schönholz ihn angeblich dagegen geimpft hatte." Jetzt war es mit Tines Fassung endgültig vorbei. Sie weinte hemmungslos.

***

„Falsche Box, Opa! Du wohnst im Offenstall!"

John-Boy hatte zielstrebig die Box neben Stuti angesteuert und summte gutgelaunt: „Ach, ich hab sie ja nur auf die Schulter geküsst..."

Fassungslos starrte ich Oleg an, der ihn gewähren ließ und keine Anstalten machte, den angegrauten Wallach in sein angestammtes Zuhause zu bringen.

„Hier ist es viel schöner. Kiki meint, ich sollte es auf meine alten Tage netter haben. Mit mehr Room Service und so. Hehe. Soll ich dir mal ein Geheimnis verraten? Man ist immer nur so alt wie man sich fühlt." Er zwinkerte Stuti lüstern zu. „Endlich lernen wir uns näher kennen, meine Schöne! Wie entzückend Sie aussehen!"

John-Boy hatte es sich angewöhnt, die Stuten, die er gerade belästigte, zu siezen. „Das betont meinen Charme", hatte er uns unaufgefordert erklärt. Ich sah meine Felle davonschwimmen.

„Stuti, tu's nicht!", flehte ich. „Sprich nicht mit dem garstigen alten Kerl!"

„Ich finde ihn eigentlich ganz niedlich", meinte meine Angebetete und ließ es zu, dass ihr der alte Schwerenöter eine längere Geschichte ins Ohr flüsterte. Zwischendurch kicherte sie.

Ich verdammte mein gutes Gehör und widmete mich traurig meinem Heu. Wenigstens das bleibt bei mir. Zumindest der Teil, den Faxe mir nicht heimlich klaut.

Manchmal glaube ich wirklich, das Schicksal hat es auf mich abgesehen. Fehlt nur noch, dass die Frau wieder an meiner Mähne herumschnipselt.

15. Kapitel, in dem das Feuerwehrfest stattfindet und große Ereignisse ihren Lauf nehmen

„Was für ein herrlicher Tag!", jubelte Dana.

„Komisch. Sonst beschwerst du dich immer über die Affenhitze", bemerkte Melanie nüchtern. „Wo ist denn jetzt dein Indiana Jones? Und wann krieg ich endlich meinen Fetten Meisenwalder?"

Dana und Melanie schlenderten über die Festwiese. Es war Sonntag und das Feuerwehrfest in vollem Gange. Melanie suchte nach dem Grill, der, wie sie hoffte, unter anderem die örtliche Spezialität feilbot. Der Fette Meisenwalder war eine spezielle Variante des Hot Dogs.

„Der Tag ist deshalb so herrlich, weil bis jetzt alles geklappt hat und ich mich ab sofort nicht mehr jeden Tag mit Friedhelm Brösmann treffen muss. Meine Prellungen tun gar nicht mehr weh. Die Hüpfburg ist dicht und die Spatzen haben bis jetzt tatsächlich noch keine Musik gemacht. Also alles perfekt", strahlte Dana. „Bis aufs Longieren vorhin. Ich hab immer noch Sand in den Haaren!"

„Da. Da vorn ist der Grill. Da werde ich bestimmt fündig!" Zielstrebig steuerte Melanie auf die Biertischgarnituren zu, die den großen Grill umgaben. „Ach guck, die kennen wir doch!"

Guntram Fritz und sein Azubi Jonas saßen entspannt und in Zivil auf einer Bank und ließen den lieben Gott einen guten Mann sein. Auf einer anderen Bank saß Po-

Der Fette Meisenwalder
(für 4 Personen)

1	Kugelgrill
4	grobe Bratwürste
4	normale Brötchen (seitlich halb aufgeschnitten)
3-4	große Zwiebeln
zirka 3	Flaschen Bier
1 EL	Butter
1 EL	Zucker
½ TL	Chiliflocken
	Salz und Pfeffer
	Senf und/oder Ketchup

Den Grill vorbereiten.

Zwiebeln in Scheiben schneiden, Bratwurst mehrfach ringsum anpieksen und in eine große feuerfeste Schüssel (Auflaufform) geben. Mit Bier auffüllen, so dass die Würstchen zu ungefähr 2/3 im Bier liegen. Ungefähr 30 - 40 Minuten bei indirekter Hitze (Deckel zu!) im Grill schmoren.

Wenn die Zwiebeln weich sind, wird die Butter in einer Gusspfanne geschmolzen. Die Zwiebeln in die Pfanne geben (die Würste können noch im Bier bleiben). Chiliflocken, Zucker, Salz und Pfeffer dazugeben und miteinander vermengen. Warm stellen.

Die Bratwürste aus der Auslaufform herausholen und auf dem Grill bei direkter Hitze fertig grillen (zirka 10 Minuten).

In die seitlich halb aufgeschnittenen Brötchen etwas Zwiebel geben und dann die Bratwürste hineinlegen. Darauf kommen noch mehr Zwiebeln. Nach Belieben mit Senf und/oder Ketchup würzen.

lizeiobermeister Siggi Wollmeier. Nicht entspannt. Nicht gut gelaunt. Und vor allem nicht in Zivil. Dafür aber mit Handschellen an einen anderen Mann gefesselt.

Auf Danas fragenden Blick hin stellte Guntram vor: „Oberstudienrat Kruse, Frau Dirksen, Frau äh…"

„Frau Äh heißt Schmitz", zischte Dana.

„… und Frau Schmitz", beendete Guntram den Satz.

„Ihr neuer Partner, Herr Wollmeier?", fragte Melanie.

***

Kurz davor

„Mit so einem flotten Kurzhaarschnitt macht einem die Hitze gar nichts mehr aus", hatte die Frau gesagt. Und dann „Uuuuuups" und „Na ja, das wächst schon wieder nach."

Melanie hatte das nur damit kommentiert, dass sie Faxes endlos lange Mähne im Sommer liebevoll in mehrere Zöpfe flechten würde, was denselben Zweck erfülle.

Na toll. Jetzt stand ich hier auf dem Longierplatz, mit meinem Fünf-Stufen-Schnitt, der durch neckisch aufrechtstehende Pinselchen aufgelockert wurde, und bemühte mich um einen coolen Gesamteindruck. Gibt es eigentlich Extensions für Pferde? Noch nicht einmal wälzen durfte ich mich, denn dann würde ja der edle hellbraune Kappzaum schmutzig.

Die Frau hatte nämlich nicht ganz freiwillig herausgefunden, dass Longieren mit Ausbindern nicht im Sinne der klassischen Reitkunst ist. Jedenfalls vertrat Kiki alias Frau Reitlehrerin diese Auffassung, und da die nicht nur alles weiß, sondern auch alles erklären kann, verzichtete Dana fortan darauf, mir Hals und Kopf mit Hilfszügeln in eine bestimmte Position zu zwingen. Denn „auf die Hinterhand kommt es an, nicht auf die Kopf-Hals-Position!"

Damit war ich natürlich voll und ganz einverstanden, denn es gibt nichts Blöderes, als sich ausbalancieren zu müssen und die Hälfte seines Körpers nicht benutzen zu können. Der Hals ist nämlich die Balancierstange des Pferdes, hatte Kiki gesagt, und die Frau hatte sich das gottseidank gemerkt.

Longiert werden ist eigentlich gar nicht so schlimm. Jedenfalls, wenn die Frau daran beteiligt ist. Es fängt schon damit an, dass sie die Longe nicht in der Hand halten kann, ohne aus den anfangs wohlgeordneten Schlaufen einen lustigen großen Knoten zu machen. Während sie die Longe entwirrt, habe ich für gewöhnlich Pause.

Ich habe oft Pause.

Als nächstes soll ich im Schritt angehen. Da die Frau heimlich wieder mit Knotenmachen beschäftigt ist, kann sie sich leider nicht darum kümmern, wo ich gerade hinwandere.

Zum Beispiel zu den Grasbüscheln am Rand des Longierplatzes.

Für den unwahrscheinlichen Fall, dass sie es doch rechtzeitig merkt, wedelt sie mit der Longierpeitsche und haut sich erstmal selbst. Als nächstes zielt sie in meine ungefähre Richtung und stellt überrascht fest, dass sich in der Peitschenschnur „von ganz alleine" so viele Knoten gebildet haben, dass sie damit maximal die Pfütze direkt vor ihrer Nase trifft. Fluchend macht sie sich daran, auch diese Knoten zu entwirren. Ich nutze die Gunst der Stunde und wälze mich.

So ist es sonst. Und ich sah keinen Grund, von diesem Schema abzuweichen, neuer Kappzaum hin, neuer Kappzaum her. Bis Dana merkte, was passiert war, stand ich längst wieder und schüttelte mich. Viele kleine Sandkörner flogen durch die Luft und verteilten sich gleichmäßig auf Danas Haaren, Kleidung und Haut. Entrüstet öffnete sie den Mund, um mich auszuschimpfen. Darauf hatte ich gewartet und schüttelte mich nochmal.

Dana murmelte etwas von „fehlender Einstellung zur Arbeit" und „Erdferkel", aber wenigstens fiel meine entstellende Frisur nicht mehr so auf.

Ich brummelte zufrieden und sah sie mit meinem speziellen Hast-du-einen-Keks-für-mich-Blick an. Sie war Wachs in meinen Händen äh Hufen.

„Aber danach wird gearbeitet, hörst du?"

Na ja. Ich bin Freizeitpferd, ich DARF gar nicht arbeiten. Aber für ausreichend Kekse mache ich zwischendurch gern mal eine Ausnahme. Und ganz ehrlich: Ich war lieber bei Dana als auf der Weide, wo die anderen eh nur über mich lästerten.

Wenig später

Melanie biss genießerisch in ihren Fetten Meisenwalder, während Guntram erzählte, wie es dazu gekommen war, dass sich Siggi Wollmeier an einen ältlichen Studienrat gekettet hatte. Wollmeier und Azubi Jonas hatten nämlich auf dem Weg zum Feuerwehrfest eine spontane allgemeine Verkehrskontrolle durchgeführt, weil ersterem das Fahrzeug des Oberstudienrats missfallen hatte. Dieses – ein betagter Opel – hatte für Wollmeiers Dafürhalten mindestens eine defekte Glühbirne zuviel. Außerdem schien ihm der Kofferraumdeckel nicht richtig zu schließen. Es ging hierbei nur um Nuancen, aber, wie Wollmeier immer mit erhobenem Zeigefinger zu sagen pflegte: „Wehret den Anfängen!"

Folgender Wortwechsel entspann sich:

Wollmeier: „Rieche ich Alkohol?"

Kruse: „Nach! Rieche ich NACH Alkohol! Und die Antwort ist nein. Sie riechen nach Schweiß."

Das konnte Wollmeier mit seiner stets frisch gebügelten Uniform natürlich nicht auf sich sitzen lassen und verhaftete den Autofahrer wegen Beamtenbeleidigung. Und allgemeiner Frechheit, weil jener auf Nachfragen seine Personalien mit Oberstudienrat Kruse angegeben hatte und sich geweigert hatte, weitere sachdienliche Angaben zu machen, „bis hier außer mir ein zweiter Erwachsener ist". Nun war Wollmeier nicht nur frischgebügelt, sondern auch eher kurz gewachsen, was er aber durch extreme Humorlosigkeit ausglich. Also klickten die Handschellen.

Erschwerend kam hinzu, dass Jonas zwischenzeitlich den Schlüsselbund mit den Schlüsseln für die Handschnellen und auch für den Streifenwagen verbaselt hatte. Das hatte zur Folge, dass man nun gemeinsam zu Fuß unterwegs war und Oberstudienrat Kruse gehässig alles kommentierte, was der Polizeiobermeister von sich gab. Manchmal sah er auch nur auf ihn herab, was ihm schon deshalb ein Leichtes war, weil er den stämmigen Wollmeier um gute zwei Köpfe überragte.

Dana und Melanie schüttelten sich aus vor Lachen.

Guntram und Jonas bewiesen Haltung, wenn auch nur knapp.

„Wo ist er eigentlich hin, der Herr Wollmeier?", fragte Dana und sah sich suchend um.

„Die Herren Wollmeier und Kruse suchen – schicksalhaft verbunden – die Örtlichkeiten auf", antwortete Guntram in gemessenem Tonfall.

***

Leider nahm die gemeinsame Zeit mit der Frau ein jähes Ende. Nach ein paar Runden auf dem Longierplatz brachte sie mich auf die Weide, was ich fast ein wenig gefühllos fand. Wo blieb mein Abschluss-Snack? Wo das gefühlvolle Widerristkraulen? Aber nein, sie hatte es eilig und wollte weg, „sich aufbrezeln".

Aha. Anscheinend fand irgendwas Außergewöhnliches statt. Sich aufgebrezelt wird nämlich nur selten. Im Gegensatz zu Konrad und seiner Besitzerin, die das jedes Wochenende betreiben, weil sie aufs Turnier fahren.

Ich dachte gerade darüber nach, dass man meine verhunzte Mähne eh nicht einflechten kann und versuchte herauszufinden, ob wir nicht aufs Turnier fahren, WEIL man mich nicht einflechten kann oder ob sie mir die Mähne so schief schneidet, DAMIT man mich nicht einflechten kann. Plötzlich machte es „Buh" und Faxe lachte sich tot, weil ich mich tatsächlich erschreckt hatte.

„Kann man hier nicht einmal in Frieden ermitteln?", begrüßte ich ihn ungehalten.

„Für mich sah es wie Schlafen aus. Oder Essen", berichtigte er sich, als ich zu kauen begann.

„Die Frau brezelt sich auf. Heute ist irgendwas los. Mit anderen Worten: Schicksalhafte Ereignisse stehen bevor."

„Du hast eine süße Frisur", stellte Faxe fest.

„Willst du mich komplett in den Wahnsinn treiben? Reicht es nicht schon, dass die Frau das jeden Tag versucht?"

***

„Diese Örtlichkeiten würde ich auch gern aufsuchen. Also die für Damen", teilte Dana mit. „Kommst du mit oder bleibst du hier?"

„Ich hab noch nicht mal aufgegessen!", beschwerte sich Melanie.

„Gut, dann komme ich gleich wieder. Wo ist eigentlich dein Dieter-Dackel?"

„Zuhause. Nachher ist doch Feuerwerk, da fürchtet er sich bestimmt. Meine Nachbarin kümmert sich um ihn. Und hoffentlich beschützt sie ihn vor den Katzen."

Dana machte sich auf den Weg zur Toilette. Die Festwiese hatte sich mittlerweile gut gefüllt, und manchmal musste sie sich förmlich durchs Gedränge kämpfen. Einmal meinte sie, Xenia zu erkennen, die sie jedoch keines Blickes würdigte. *Komisch, wir sind doch Kolleginnen und fast Büro-Freundinnen, und da sagt sie einem noch nicht mal die Tageszeit?*

Auf der Hüpfburg saß ein ermatteter Siggi Wollmeier, der mühsam die Reste seiner amtlichen Würde zu bewahren suchte. Hoch aufgerichtet über ihm stand Oberstudienrat Kruse, der anscheinend gerade einen Vortrag über unregelmäßige Verben hielt. Wegen des nun noch deutlicheren Größenunterschiedes und der immer noch vorhandenen Handschelle musste Wollmeier seinen linken Arm in die Luft strecken. *Sieht fast so aus, als wäre er ein Schüler, der sich meldet,* dachte Dana.

„So wird zum Beispiel der Imperativ von helfen nicht mit e gebildet, sondern mit i. Hilf mir statt helf mir."

„Ich wüsste nicht, dass wir uns duzen", antwortete Wollmeier giftig.

„Oh, ein korrekter Konjunktiv! Bei Ihnen besteht ja doch Hoffnung!", freute sich der schlaksige Kruse.

„Und wenn Sie sich jetzt endlich hinsetzen, kann ich meinen Arm herunternehmen. Der ist schon ganz taub", knurrte POM Wollmeier.

„Und wenn nicht?", fragte Kruse kokett.

Dana eilte weiter. Unterwegs kam sie an Felix vorbei, der Melanie suchte. Außerdem begrüßte sie Klaus-Werner Hartmann, ihren Chef, ihre Auszubildende Jessica, Herbert Dinkelfuss und Corinna Bensemann, die sämtlich am Kuchenstand warteten.

Gottseidank, da waren auch schon die Toiletten. Dana tat, weshalb sie gekommen war, und schüttelte sich vor dem Spiegel noch etwas Sand aus den Haaren. *1a Berkenberger Sand. Das beste zum Reiten und Longieren und außerdem treu wie Gold.*

Auf dem Rückweg kam sie wieder am Kuchenstand vorbei, der sich als wahrer Publikumsmagnet entpuppte. Nun standen auch Friedhelm Brösmann und Pieta Wisskamp an. Das unwahrscheinliche Gespann Wollmeier/Kruse näherte sich.

„Polizeiobermeister Wollmeier. Ich führe hier eine amtliche Untersuchung durch."

Da war er aber bei Brösmann an den Richtigen geraten. „Das ist ja mal wieder typisch, dass sich die Polizei um uns unbescholtene Bürger kümmert und die Verbrecher frei herumlaufen lässt!"

„Ich bin der beste Mann der Meisenwalder Polizei. Sie müssen mir nicht sagen, was ich zu tun habe!", ereiferte sich Wollmeier.

„Das sehe ich. Deshalb haben Sie sich auch einen Verbrecher zum Üben mitgenommen!", schmunzelte Friedhelm Brösmann.

„Den Verbrecher nehmen Sie zurück!", forderte Kruse und klimperte melodisch mit den Handschellen. Und zu Wollmeier gewandt: „Aber grundsätzlich ein gutes Argument. Der Augenschein spricht gegen Sie. Wie wollen Sie jetzt vorgehen?"

„Himmelherrgott, hören Sie doch einmal auf zu reden, Kruse!", polterte Wollmeier.

„Sie machen einen gestressten Eindruck, Wollmeier. Fast mache ich mir Sorgen um Sie."

„Wo wir gerade von Krankheiten reden: Was gedenkt denn der beste Mann der Meisenwalder Polizei gegen die Seuche zu tun, die unser schönes Meisenwald befallen hat?"

„Was für eine Seuche? Wovon reden Sie eigentlich?", fragte Wollmeier, dem so allmählich der Geduldsfaden riss.

„Unter einer Seuche versteht man gemeinhin eine hochansteckende Infektionskrankheit. Ich vermute aber, dass das Wort hier im übertragenen Sinne gebraucht wird, im Sinne einer Metapher, die…", erklärte Kruse unaufgefordert und begleitete seine Ausführungen mit großen Gesten, denen der kleinere Wollmeier handschellenbedingt folgen musste.

Brösmann, der den Oberstudienrat eine Zeitlang erstaunt gemustert hatte, unterbrach. „Von dem Falschparkerunwesen, das wie eine Geißel Gottes über uns hereingebrochen ist, rede ich! Was gedenkt die Polizei hiergegen zu unternehmen, das frage ich Sie!"

„Das geht Sie einen feuchten Kehricht an! Lassen Sie mich gefälligst weiterermitteln! Das ist Behinderung der Justiz, das ist…. das ist…." Wollmeier schnaufte apoplektisch.

„Ruhig weiteratmen. Ganz ruhig", soufflierte Kruse.

„Das ist mein gutes Recht als Steuerzahler, jawohl!", trumpfte Brösmann auf. „Es kann doch nicht sein, dass ich mich in meiner kargen Freizeit ganz allein um die Ausrottung dieses Übels kümmern und diese armen Seelen auf den Pfad der Tugend zurückführen muss!"

Schluss mit lustig – das ist wieder der Brösmann, den ich kenne! Dana, die bis dahin fasziniert zugehört hatte, schauderte und ging schnell weiter, Richtung Drehleiter. Von dort aus wollte sie einen Haken zum Grill schlagen.

Das riesige Fahrzeug war schon von weitem erkennbar. Gerade fuhr die Kabine mit dem Leitergestänge herunter. „Zur Seite treten, bitte", rief jemand, den sie erst auf den zweiten Blick als Marvin, Jessicas Bruder, erkannte. *Ohne Rockstarklamotten und in Feuerwehrkluft sieht er aus wie ein anderer Mensch.*

Folgsam wich die Menge. Das schwere Leitergestänge schob sich zusammen und schwenkte zur Seite. Die offene Kabine setzte auf der Festwiese auf und gab ihre Insassen frei. Fast alle jedenfalls. Die kleine Josefine sah es gar nicht ein, ihren großartigen Aussichtspunkt zu verlassen und nötigte ihre Großmutter dazu, an Ort und Stelle zu bleiben, um ein weiteres Mal mitzufahren.

Marvin erklärte derweil, wie das Ganze funktioniert: „Die offene Kabine hier nennt man Korb. Der Korb der Drehleiter fährt am Leiterpark – das ist das Gestänge – nach oben, wo man ihn in mehrere Richtungen schwenken kann. Mit diesem Hubrettungsfahrzeug können wir Höhen von bis zu 30 Metern erreichen. Die Drehleiter wird überwiegend zur Personenrettung genutzt. Wir benötigen sie aber auch bei Waldbränden und anderen Gefahrenlagen. Diese seitlichen Abstützungen hier", er klopfte auf ein monströses Metallteil, das am Drehleiterfahrzeug angebracht war, „werden benötigt, um die Drehleiter zu stabilisieren. Die brauchen wir auch in unebenem Gelände. Schließlich sind wir hier im Oberbergischen Land."

Es gab ein paar Lacher. Marvin freute sich und ließ die nächsten Besucher einsteigen.

Dana winkte Josefine zu, die schon wieder in luftige Höhen entschwebte, und schlug den direkten Weg zum Grill ein, wo sie einen Fetten Meisenwalder erstand.

„Aber mit vielen Zwiebeln!"

Gottseidank, *Melanie war noch da. Ohne Handy hätte ich die ja nie mehr wiedergefunden! Morgen gibt's ein neues. Aber wieder mit so einer tollen Kamera!*

„Langsamer ging's wohl nicht", beschwerte sich Melanie. „Guntram und Jonas sind weg, Getränke holen oder so. Der Einzige, der sich zwischendurch mal gezeigt hat, war so ein Indiana-Jones-Verschnitt, der aber leider wieder verschwunden ist. War er das, Dana? War das dein Indy?"

„So viele von der Sorte gibt's hier ja nicht. Mittelgroß, sportlich, Mitte 50, aber extrem gut erhalten. Trägt meistens braun und beige und natürlich einen Fedora, also diesen typischen Schlapphut", zählte Dana auf.

„Wegen des Hutes bin ich ja überhaupt erst auf ihn aufmerksam geworden. Ist bestimmt praktisch bei dem Wetter", seufzte Melanie. „Er kam ein paarmal hier vorbei, aber jetzt ist er verschwunden."

„Ich glaube, er wird gerade von POM Wollmeier interviewt."

„Der will bestimmt Mitarbeiter des Jahres werden. Ist dieser Lehrer immer noch an ihn gekettet?"

„Klar, und die beiden haben jede Menge Spaß", lachte Dana schadenfroh.

Lautes Hupen unterbrach sie. Der Autokorso begann. Ganz Meisenwald setzte sich in Bewegung und stellte sich rechts und links des geplanten Zugweges auf. Die Kapelle stimmte einen zünftigen Marsch an und setzte sich in Bewegung. Die Sonnenstrahlen spiegelten sich in den blankpolierten Musikinstrumenten. Langsam folgten die blumengeschmückten roten Fahrzeuge.

Das sah wirklich sehr festlich aus. Dana vergewisserte sich durch einen raschen Blick, dass sich wirklich kein Spatz unter die harmlosen Musiker gemischt hatte. Aber nein, die headbangenden Mitglieder der Jugendfeuerwehr bereiteten gerade ihre Übung vor. Sie hatten Spektakuläres und Kunstblut angekündigt. *Hauptsache, sie machen keine Musik!*

Dana wandte ihre Aufmerksamkeit wieder dem Autokorso zu. Den Anfang machte die liebevoll restaurierte Feuerspritze von 1898, die von sechs stolzen Feuerwehrmännern gezogen wurde. Unter dem Jubel der Menge folgten diverse rote Autos, wobei die neuesten Fahrzeuge, die berühmten rote Blitze, den Abschluss machten. Alles glänzte und blinkte und sah sehr eindrucksvoll aus. Aber Dana konnte sich nicht auf den Umzug konzentrieren, weil sie im Gedränge einen Schlapphut erspäht hatte. Sie stupste Melanie an.

„Guck mal, das da vorn ist er. Sieht er nicht aus wie Indiana Jones?"

„Ich sehe nur einen Hut", beschwerte sich Melanie.

„Dann musst du es mir halt glauben. Nach dem Autokorso schauen wir uns noch die Übung der Spatzen an, da ist er bestimmt auch. Schließlich hat er ja geholfen, den ganzen Rummel mit zu organisieren."

Im Gegensatz zu Melanie konnte Dana aber nicht nur Pieta Wisskamp sehen, sondern auch seine Gesprächspartnerin. Eine ältere Frau redete erregt auf ihn ein. Dana konnte nicht erkennen, worum es ging, es schien sich aber um einen Streit zu handeln. Wisskamp kam kaum zu Wort und sah sehr irritiert aus. Das fiel umso mehr auf, weil um die beiden Streithähne herum alles eitel Wonne war. Friede, Freude, Eierkuchen, soweit das Auge reichte.

196

Und Friedhelm Brösmann mittendrin. Er sprach mit segnender Gebärde zu einigen Besuchern. Auch Frau Schmidtke und Josefine waren dabei. Als Josefine Melanie erkannte, leuchtete ihr Gesicht auf. Sie sprach kurz mit ihrer Großmutter und zog sie hinter sich her.

„Sie liebt dich sehr", bemerkte Dana.

„Faxe und mich", korrigierte Melanie und umarmte die begeisterte Josefine. „Aber es beruht auf Gegenseitigkeit."

„Hallo Melanie, ich hab dir sooo viel zu erzählen!", sprudelte es aus Josefine hervor. „Ich hab Herrn van de Velde getroffen, hier auf dem Fest! Mama hilft beim Kuchenstand und er war auch da. Und er hat in diesem Jahr sieben Fohlen und er hat versprochen, dass ich sie nächste Woche besuchen darf! Und ich freu mich so auf Faxe und hab ihm Bio-Möhren gekauft, weil er doch so gern isst, und es soll ja was Gesundes sein! Wann darf ich ihn denn wieder besuchen? Ich kann schon galoppieren, ohne mich festzuhalten, ist das nicht toll? Hallo Dana!"

Die Begrüßung fiel vergleichsweise sparsam aus, aber Dana nahm es Josefine nicht krumm. Sie begrüßte Frau Schmidtke und widmete sich dann wieder dem aufgeregten Mädchen. „Super, dass du dich beim Galoppieren nicht festhalten musst! Das können viele Erwachsene nicht. Da hast du aber einen wirklich ausbalancierten Sitz!"

„Josefine hat Talent, das sagt Frau Schmitz auch immer!", erklärte Frau Schmidtke mit stolzgeschwellter Brust.

„Wie findest du denn das Fest, Josefine?", erkundigte sich Dana mit professioneller Neugier.

„Es ist toll! Wir waren schon auf der Drehleiter, das war super. Aber am meisten freu ich mich aufs Feuerwerk", erklärte das Mädchen.

„Ist das nicht ein bisschen spät für dich?"

„Ach was, wir haben ja morgen schulfrei. Als Hausaufgabe müssen wir einen Aufsatz über das Fest schreiben, und da muss ich mir schließlich alles angucken."

Dieser Logik konnte Dana sich nicht verschließen. „Was hat dir denn bis jetzt am besten gefallen?"

Josefine musste nicht lange überlegen. „Die Clowns!", antwortete sie wie aus der Pistole geschossen.

„Die Clowns?" Damit konnte Dana nichts anfangen.

„Ja, die da drüben! Die sind sooo lustig. Oma und ich haben Tränen gelacht, als die beiden auf der Hüpfburg waren."

Dana hatte einen fürchterlichen Verdacht. Und richtig, da, wohin Josefines ausgestreckter Zeigefinger wies, rangen der beste Mann der Meisenwalder Polizei und der an ihn gekettete Oberstudienrat Kruse darum, welche Laufrichtung jetzt eingeschlagen werden sollte. Wollmeier und Kruse hatten anscheinend das Diskutieren aufgegeben und versuchten, den Konflikt nonverbal zu lösen. Wollmeier war aufgrund seines tieferen Schwerpunktes klar im Vorteil, aber Kruse war wendiger. Um sie herum hatte sich eine kleine Menschentraube gebildet, die das Spektakel erheitert verfolgte. *Richtig peinlich wird es erst, wenn die Leute merken, dass der eine ein echter Polizist ist und jedes Wort ernst meint. Also bloß nichts anmerken lassen.*

„Ja, haha. Wollen wir uns nicht die Übung der Jugendfeuerwehr angucken? Das ist bestimmt total spannend. Und außerdem freuen sich Marvin und seine Freunde, wenn sie viele Zuschauer haben!", appellierte Dana an Josefines soziale Kompetenz. Außerdem fühlte sie sich dafür verantwortlich, dass die Spatzen die Aufmerksamkeit bekamen, die sie verdient hatten. *Schließlich machen sie keine Musik, da muss ich mich doch erkenntlich zeigen.*

„Na gut", willigte Josefine ein, und sie wechselten gemeinsam den Standort.

Auf dem vorbereiteten Übungsgelände standen zwei ineinander verkeilte Autos, die anscheinend mit großer Geschwindigkeit zusammengestoßen waren. In beiden Fahrzeugen waren Menschen zu erkennen, die befreit und ärztlich versorgt werden mussten. Marvin und seine Freunde hatten wirklich ganze Arbeit geleistet, das musste Dana anerkennen.

Die „Verletzten", die liebevoll mit Kunstblut geschminkt worden waren, wurden sorgsam aus den Autos herausgeschnitten, da sich die Autotüren durch den Zusammenstoß nicht mehr öffnen ließen. Dana war beeindruckt, wie schnell und professionell das vonstatten ging. Als die „Verletzten" schließlich auf Tragen gelegt und in Krankenwagen abtransportiert worden waren, löste sich die Menschenmenge langsam auf und strebte wieder dem Festzelt zu. Auch Dana und Melanie schlenderten dorthin.

„Na, ihr zwei Hübschen?", machte eine tiefe Frauenstimme hinter ihnen. Es war Mary Westmann, die Westerntrainerin.

„Mary – du hier? Wo es hier kein Pferd weit und breit gibt?", wunderte sich Dana.

„Manchmal wundere ich mich über mich selbst. Aber wenigstens gibt's hier Pferdeleute. Darf ich vorstellen", sie zeigte auf ihren Begleiter, „Gerrit van de Velde."

Dana und Melanie machten sich eilig bekannt. „Eigentlich kenne ich Sie nur aus der Zeitung", vertraute Dana dem großen, schlanken Niederländer an.

„Da stand hoffentlich nur Gutes über mich drin", schmunzelte der.

Meistens schon, aber ich weiß trotzdem, dass du ganz schön Ärger mit der Polizei hast. Dana lächelte.

„Wieviele Pferde haben Sie eigentlich zurzeit?", erkundigte sich Melanie bei dem Friesenzüchter.

„Lass' uns doch Du sagen, das ist nicht so kompliziert. Obwohl ich schon so lang hier lebe, find' ich eure Sprache immer noch ganz schön schwierig", lächelte der. „Lass' mal sehen. Erst die drei Hengste. Apollo, Brokke und Friso. Und dann die Stuten." Er zählte an den Fingern ab. „Zehn Stuten. Alle selbst gezogen. Und dann natürlich ein paar Fohlenjahrgänge. Die Dreijährigen reiten wir gerade vorsichtig an und lassen sie nächstes Jahr in Ruhe, bevor wir sie weiter ausbilden. Wenn wir sie nicht vorher schon verkaufen. Bei den jüngeren Pferden wird auch schon mal eins verkauft, aber die meisten Leute wollen ein gerittenes Pferd, das sie ausprobieren können.

Braucht ihr nicht eins? Ich hab dieses Jahr ein paar wirklich tolle Youngster dabei."

Dana und Melanie lehnten dankend ab.

„Das ist jetzt eine ganz blöde Frage, aber wie halten Sie äh du", Melanie hatte sich verhaspelt und musste neu Anlauf nehmen. „Wie hältst du die denn bloß alle auseinander?"

Der Friesenzüchter guckte irritiert.

Die Westerntrainerin lachte. „Das hab ich dich auch schon mal gefragt, Gerrit. Wie du bloß alle diese schwarzen Pferde mit den langen Mähnen und einem ähnlichen Körperbau auseinanderhältst, wollte ich wissen. Und du hast die Frage gar nicht verstanden!"

„Ihr müsst euch die Pferde eben richtig angucken! So schwer ist das gar nicht, Die kleine Josefine kann das doch auch", ereiferte sich der Züchter. „Die haben ganz unterschiedliche Köpfe und Gesichter. Und vom Gebäude sind die auch ganz unterschiedlich. Und auch von der Bemuskelung. Und wenn alle Stricke reißen", er zwinkerte, „hole ich mein Chiplesegerät und lese den implantierten Chip aus. Den muss ja jedes Pferd haben. Das muss ich aber nur, wenn ich ein Pferd verkaufe und die Ankaufsuntersuchung durchgeführt wird. Damit mir die Käufer glauben, dass auch das richtige Pferd untersucht wird."

Melanie schubste Dana an. Jetzt wird's spannend, sollte das heißen. Und: Vielleicht können wir gleich einen Mord aufklären! Aber die hatte nicht zugehört, sondern winkte einem Schlapphut zu, der in der Menge aufgetaucht war.

„Huhu, Herr Wisskamp!"

„Ach, da sind Sie ja. Ich hatte Sie schon gesucht!" Wisskamp kam auf Dana zu. Gerrit van de Velde und Mary Westmann verabschiedeten sich, weil sie im Festzelt verabredet waren.

Wisskamp sah Melanie an. „Pieta Wisskamp. Ihre bezaubernde Freundin und ich haben geholfen, dieses Fest zu organisieren." Er lüftete den Hut gentlemanlike.

Melanie schmolz dahin. „Hat Ihnen schon mal jemand gesagt, dass Sie wie Indiana Jones aussehen?"

„Indiana wer?" Wisskamp sah sie verständnislos an.

„Ach, nicht so wichtig. Das Fest ist ja ein voller Erfolg! Alle, die ich gesehen habe, sind begeistert!"

„Fast alle", mischte sich Dana ein. „Die Frau, mit der sie vorhin gesprochen haben, war ja alles andere als zufrieden. Worüber hat sie sich denn beschwert? Sie schien wirklich stinksauer zu sein."

Wisskamp guckte kurz irritiert, machte dann eine wegwischende Handbewegung und sagte: „Ich kann mich gar nicht erinnern. Es war wohl irgendwas mit der Musik. Eine Lappalie."

„Man kann es wirklich nicht jedem Recht machen. Was meinen Sie, was ich schon alles in meinem Job beim Beschwerdemanagement erlebt habe!" Jetzt aber nix über Brösmann und seine selbstgebastelten Knöllchen ausplaudern, der ist schließlich sein bester Freund, ermahnte sie sich gerade noch rechtzeitig.

„Da bin ich aber gespannt." Wisskamp guckte fragend.

„Vielleicht ein andermal", ruderte Dana zurück.

Melanie fragte: „Wann geht eigentlich das Feuerwerk los? Es ist ja schon ganz schön dämmerig. "

Der Ingenieur sah auf die Uhr, verlor das Gleichgewicht und stolperte gegen Melanies Schulter, wo er Halt am Riemen ihrer Handtasche fand.

„Unverschämtheit! Jemand hat mich geschubst! So eine Frechheit! Ich hoffe, Ihnen ist nichts passiert?", wandte er sich an Melanie.

Die verneinte. „Nein, nein. Mir geht's gut."

Dana schlug entsetzt die Hand vor den Mund.

„Genau wie bei mir! Hoffentlich hat man Ihnen nichts gestohlen! Hier wird es immer gefährlicher!"

„Hoffentlich nicht", erwiderte Wisskamp und kontrollierte seine Taschen. „Nein, es ist noch alles da. Jetzt wollen wir uns aber einen guten Platz suchen, damit wir möglichst viel vom Feuerwerk sehen. Ich habe mir sagen lassen, dass der Feuerwerker ein Meister seines Fachs ist!"

„Sie haben bestimmt schon ganz andere Feuerwerke gesehen. Da kann unser kleines Meisenwald gar nicht mithalten", meinte Dana.

„Was sind schon Orte wie Las Vegas und New York gegen ein schönes Zuhause, wo man Freunde hat? Nur Städte, weiter nichts", meinte Wisskamp philosophisch. „Wollen wir dort hinüber gehen? Man scheint da einen guten Blick zu haben!"

Gesagt, getan. Man machte sich gemeinsam auf den Weg, nachdem sich auch Wisskamp einen Fetten Meisenwalder einverleibt hatte. „Zur Stärkung", wie er sagte. Mittlerweile war es stockdunkel geworden.

Nach ein paar Schritten kam Wisskamp erneut ins Straucheln und suchte Halt an Melanie. *Von wegen Stärkung*, dachte Dana. *Ganz schön wackelig, der Gute!*

„Huch, schon wieder gestolpert. Entschuldigung. Der Boden ist hier so uneben. Warten Sie, ich hebe ihre Handtasche auf!"

Dana war von dem unebenen Boden nichts aufgefallen. Sie vermutete viel eher niedrige Beweggründe bei Wisskamps Annäherungsversuchen. *Anscheinend ist Melanie genau sein Typ. Der alte Schwerenöter!*

„Danke! Oh, mein Handy klingelt. Entschuldigung!" Melanie holte ihr Smartphone aus der Gesäßtasche ihrer Jeans. „Komisch, wer ruft denn jetzt an? Ach, du bist es, Felix!" sprach sie in ihr Handy. „Ja. Nein. Dann bis gleich!"

Wisskamp guckte ganz merkwürdig. Lüstern, fand Dana.

„Herr Wisskamp, ist alles in Ordnung?", fragte sie

„Jaja. Mir ist nur gerade etwas eingefallen. Ich muss schnell mal zu Friedhelm, etwas Organisatorisches besprechen." Sprachs und entschwand.

„Besser er als ich. Ich möchte jetzt gern frei haben und mich um nichts kümmern. Und vor allem nicht mit Friedhelm Brösmann sprechen! Übrigens wusste ich gar nicht, dass du so eine unglaubliche Anziehungskraft auf ältere Herren hast", stichelte Dana.

„Nur kein Neid", antwortete Melanie hoheitsvoll. „Wie du selbst sagst, wirkt er wesentlich jünger. Und sieht haargenau aus wie Indiana Jones, was nicht unbedingt ein Charakterfehler ist. Außerdem erinnert er mich an meinen Vater."

„Sprecht ihr von mir?", fragte Guntram, der plötzlich aus dem Nichts aufgetaucht war. Hinter ihm erschien Felix.

„Was ist das denn hier – ein Überwachungsstaat?", fragte Melanie indigniert.

„Du siehst nicht aus wie Indiana Jones", teilte Dana mit. „Du siehst aus wie jemand, der dringend den besten Mann der Meisenwalder Polizei an die Leine nehmen muss. Was hast du dir eigentlich dabei gedacht, Siggi Wollmeier hier frei herumlaufen zu lassen?"

„Das tut er doch gar nicht. Oberstudienrat Kruse passt auf ihn auf", konnte sich Melanie nicht verkneifen.

Guntram lächelte gequält. *Da ist man schon mit jemandem wie Wollmeier geschlagen und dann muss man auch noch öffentlich zu ihm halten!*

„Wo warst du überhaupt?"

„Überall und nirgends. Ich habe ermittelt und mir einen persönlichen Eindruck verschafft", antwortete Guntram. „Außerdem bin ich Drehleiter gefahren und habe Felix getroffen."

Felix stand ganz in der Nähe und winkte. „Hier, bei der Arbeit!"

„Du arbeitest auch?", fragte Dana erstaunt.

„Ich suche nach Inspirationen", erwiderte Felix wichtig.

„Ja klar. Vor allem jetzt in der Dunkelheit. Für dunkle Möbel vor einem schwarzen Hintergrund?", fragte Dana unschuldig.

Plötzlich ertönte ein Schrei.

„Das war Melanie! Wo ist sie überhaupt?"

Doch Felix und Guntram waren schon um die Ecke des Festzelts gestürzt. Felix kämpfte mit einem Mann, der wie wild mit einem Knüppel und sich schlug. Melanie stand daneben und hielt sich den Arm. Endlich hatte Felix den Mann zu Boden gerungen und entwaffnet. Guntrams Handschellen klickten. Er leuchtete dem liegenden Mann mit seiner Taschenlampe ins Gesicht.

16. Kapitel, in dem es ein noch überraschenderes Wiedersehen gibt und ich den Mörder entlarve

„Herr Wisskamp! Was soll denn das?", quiekte Melanie.

„Nicht schlecht für einen Schreiner", bedankte sich Guntram bei Felix.

„Hast du meinen Autoaufkleber gesehen? *,Der Schreiner kann's am besten!'* Noch Fragen?" grinste der und klopfte sich den Dreck ab.

„Es ging so schnell! Ich habe nur einen Schatten gesehen, eine schnelle Bewegung. Er hat auf meinen Kopf gezielt, aber ich konnte ausweichen. Deshalb hat er nur meinen Arm getroffen." Melanie lächelte verloren und wankte. Felix fing sie in seinen Armen auf.

Polizeiobermeister Wollmeier, der an ihn gefesselte Kruse und Jonas Schöller tauchten auf und machten das Durcheinander komplett.

Wollmeier bückte sich, um den weggeworfenen Knüppel zu untersuchen. Wegen der Handschellen (und der Schwerkraft) musste Oberstudienrat Kruse mit auf den Boden, wo er sich sichtlich unwohl fühlte. Fachmännisch begutachtete der stämmige kleine Polizist das Corpus Delicti: „Das ist ja ein Einsatzmehrzweckstock und noch dazu einer von unseren! Jonas, hast du wieder vergessen, das Dienst-Kfz abzuschließen?"

„Nein, das ist derjenige, der den Schlüsselbund verbaselt hat", bemerkte Kruse gehässig. „Nachdem Sie das Auto ‚abgeschlossen' (er malte mit den Fingern Gänsefüßchen in die Luft und Wollmeier musste seiner Bewegung mit dem linken Arm folgen) und ihm den Schlüsselbund zugeworfen haben."

„Das Auto war also offen", fasste Guntram zusammen. „Wisskamp konnte sich einfach an unserer Ausrüstung bedienen und hat einen Einsatzmehrzweckstock, vulgo Gummiknüppel, geklaut. Und weiß Gott was. Vielleicht hat er uns ja sogar noch etwas übriggelassen. Das Radio zum Beispiel."

„Das ist so steinalt, das können Sie gerne behalten!" Wisskamp hatte sich mit wutrotem Gesicht aufgerichtet.

„Passen Sie auf, was Sie sagen! Sie wurden noch nicht über Ihre Rechte belehrt", teilte Kruse mit erhobenem Zeigefinger mit.

„Mir ist jetzt alles egal, da kann ich genauso gut reinen Tisch machen. Deine Ratschläge brauch ich da nicht, du Klugscheisser!"

Wisskamps Stimme hatte sich verändert. Sie klang rauher und gemeiner.

„Immer raus mit der Sprache", forderte Guntram jovial auf.

„Ich wollte Frau Schmitz' Handy klauen."

„Und warum?"

Wisskamp schwieg.

„Soll ich mal raten?", fragte Guntram. „Ich habe mich vorhin lange mit Felix hier unterhalten", er wies mit dem Kinn auf Felix Freistädter, der Melanie immer noch in den Armen hielt, „und dabei etwas Interessantes erfahren."

Melanie konnte wieder ohne fremde Hilfe stehen und Felix machte weiter: „Im Gegensatz zu den Mädels hier habe ich mir nämlich die Reitvideos, die Dana von Melanie gemacht und ihr zugeschickt hat, gründlich angeguckt. Mit Reitvideos von einem selbst ist das ja so eine Sache. Man denkt immer, man würde wunders wie toll auf dem Pferd sitzen und ist dann entsetzt, wenn man sich auf Video sieht. Deshalb guckt man auch nicht so richtig hin und verpasst die Details. Vor allem die im Hintergrund. Wo man zum Beispiel sehen kann, wie er hier", er guckte Wisskamp böse an, „auf dem Petershof durch die Botanik schleicht und sich mit jemandem streitet."

„Merkwürdig. Mir haben Sie gesagt, Sie wüssten nicht, wo der Petershof ist. Und Sie wären noch nie da gewesen. So vergesslich, Indiana Jones?" Dana konnte sehr nachtragend sein.

„Jetzt hört doch endlich mit diesem Jones-Gerede auf. Ich heiße Pieta Wisskamp, verdammt nochmal!"

„Diese zweite Person konnte man nur von hinten erkennen", fuhr Felix fort. „Sie trug aber genau so eine komische Anglerweste, wie sie Schönholz immer anhatte. Ist wegen der vielen Taschen sehr praktisch für einen Tierarzt, nehme ich an. Gleichzeitig sind die Dinger so hässlich, dass sie nur Angler und Tierärzte freiwillig anziehen. Ich glaube, wir können davon ausgehen, dass Sie sich mit Dr. Schönholz gestritten haben, und zwar auf dem Petershof. Dana hat Ihnen eines der Reitvideos gezeigt, die sie mit dem Handy aufgenommen hat und Sie haben sich im Hintergrund erkannt. Danach kam der Angriff auf Dana, bei dem eigentlich nur das Handy gestohlen wurde."

„Und meine schöne Tasche!", warf Dana ein.

„Da habe ich mir dann so meine Gedanken gemacht und Sie nicht mehr aus den Augen gelassen."

„Die Reitvideos mussten verschwinden, weil Sie immer behauptet haben, den Petershof gar nicht zu kennen. Ihnen war klar, dass Dana die Videos an Melanie geschickt hatte. Also mussten Sie Danas und Melanies Smartphones stehlen." Das war Guntram.

„Was Ihnen blöderweise entgangen ist, ist, dass die Videos nun einmal im Internet sind und man sich auch von einem PC aus in WhatsApp einloggen und die Videos herunterladen und speichern kann. Wie ich es zum Beispiel zur Beweissicherung getan habe. Vorhin bei Melanie zuhause. Tut der Arm sehr weh, Schatz?"

Die Angesprochene errötete zart und hauchte tapfer: „Nein, gar nicht." Sicherheitshalber nahm Felix sie noch einmal in den Arm.

„Peter!" Eine kräftig gebaute Frau mittleren Alters mit sehr schlechter Laune näherte sich. Dana erkannte in ihr Wisskamps Gesprächspartnerin während des Autokorsos. *Angeblich hat sie sich über die Musik beschwert. Nun ja, wir werden sehen.* Der Angesprochene verdrehte die Augen.

„Hilde, bitte!"

„Ich hab dir ja gleich gesagt, dass es mit dir ein bö-
ses Ende nehmen wird! Du mit deinen halbseidenen Ge-
schäften! Unsere Mutter hatte schon recht. Sie hat immer
gesagt: ,Hilde, versprich mir, dass du dich um das kleine
Schlitzohr kümmerst, wenn ich mal nicht mehr da bin.'
Kleines Schlitzohr, so hat sie dich immer genannt. Dann
warst du mit einem Mal verschwunden. Immer hast du irgendwas getrickst, was nicht mit rechten Dingen zugeht."

„Hilde!"

Aber Hilde war nicht zu bremsen. „Wenn ich es nicht
unserer Mutter auf dem Sterbebett versprochen hätte,
hätte ich dich nicht aufgenommen, als du im letzten Jahr
bei uns vor der Tür standest und nicht wusstest, wohin!
Das stimmt doch, Eberhard, oder?", wandte sie sich an
einen neu Hinzugekommenen, dem die ganze Szene un-
sagbar peinlich zu sein schien.

„Hilde, nun lass es mal gut sein. Der Peter hat im
Moment andere Sorgen."

„Von wegen. Wir sind extra hierhin gekommen, um
uns deine tolle Veranstaltung anzuschauen, die du angeblich ganz allein organisiert hast. Wollten doch mal
gucken, ob du auch mal was Vernünftiges auf die Beine
stellen kannst. Ein Feuerwehr-Iwent wäre es, hat der feine Herr Pieta aus den USA gesagt", wandte Hilde sich an
die Umstehenden.

Dana überlegte fieberhaft, was sich hinter dem rätselhaften Begriff verbarg. „Ach, ein Event!" fiel bei ihr der
Groschen.

„Sag ich ja, ein Iwent", schnaufte Hilde ergrimmt und nahm sich wieder Wisskamp vor. „Peter ist wohl auch nicht mehr gut genug für dich. Pieta heißt der feine Herr jetzt. Und was es da alles geben würde, auf dem Iwent! Sensationelle Vorführungen und die neueste Technik! Und was ist? Alte Autos, die im Kreis herumfahren, und die Kapelle spielt Marschmusik. Eine Schande, wirklich! Nur gut, dass deine Nichte nicht hier ist und sich das ganze Elend mitangucken muss!"

„Lass doch, Hilde", versuchte Eberhard es wieder.

„Und das ist genau das Problem!", rief Wisskamp. „Wenn du ein Mann wärst und nicht so ein erbärmlicher Waschlappen, hättest du Christine selbst geholfen statt immer nur daneben zu stehen und ‚Lass doch' zu sagen!"

„Peter, es reicht jetzt. Komm, Ebi, wir gehen!" Ebi lächelte verlegen in die Runde und ließ sich von Hilde wegziehen.

Dana, Melanie und Felix versuchten, dieses bizarre Intermezzo zu verarbeiten. Wisskamp sah so aus, als wünschte er sich nichts sehnlicher, als endlich allein in der Gewahrsamszelle des nächsten Polizeireviers zu sein. Und Guntram erinnerte sich wieder daran, was er die ganze Zeit in seiner Hosentasche herumgetragen hatte.

„Ihr äh… kommt dann alleine klar, oder? Wollmeier, Schöller, einpacken und auf zur Wache!" Er warf Jonas einen Schlüsselbund zu.

„Oh", machte der. „Chef, wo haben Sie denn unseren Schlüsselbund gefunden?"

„Dienstgeheimnis", meinte Guntram. „Aber leg' ihn nicht wieder direkt neben das Auto ins Gras."

Jonas machte nochmal „Oh".

Da nun auch der Handschellenschlüssel wieder da war, wurden Wollmeier und Kruse voneinander getrennt.

„Gerade jetzt, wo ich Gefallen an Ihnen gefunden habe", meinte der Oberstudienrat zu dem zornroten kleinen Wollmeier. Der machte einen Sprung zur Seite, wo er fast mit Herbert Dinkelfuss und Corinna Bensemann zusammengestoßen wäre, die Arm in Arm vorbeigingen.

Es knallte. Dinkelfuss rief: „Überfall! Duckt euch!" und ließ sich ins Gras fallen. Corinna behielt die Nerven, stellte fest, dass die Knallerei lediglich bedeutete, dass das Feuerwerk begonnen hatte und sah sich ihre Umgebung genauer an. Plötzlich stutzte sie.

„Georg! Ich dachte, du bist tot! Bist du nicht mit diesem furchtbaren Flugzeug abgestürzt? Was machst du denn hier?!"

„Ich heiße Pieta", erwiderte Wisskamp schwach.

„Pieta! Was für ein Unsinn! Du bist Georg, mein erster Mann!"

Wisskamp leugnete weiter, hatte aber keine Chance. Gegen Corinna Bensemann war einfach kein Kraut gewachsen. Sehr bald gab Wisskamp zu, dass er sich früher einmal den schönen Namen Georg Schlosser zugelegt hatte. Das war, nachdem er Corinna kennengelernt und beschlossen hatte, ein neues Leben anzufangen – ohne Friedhelm Brösmann, aber dafür mit Corinna, die damals noch Terheyen hieß. Als Gregor Schlosser wollte er sein

Leben fortan mit Corinna teilen. Bis – ja, bis ihn die Versuchung wieder eingeholt hatte. Ein letztes großes Ding drehen und dann ab nach Übersee, das war der Plan. Bei seinem überstürzten Aufbruch in das neue Leben in Buenos Aires blieb aber leider das ein oder andere zurück. Die Identität als Georg Schlosser zum Beispiel. Und eben auch Corinna.

„Immerhin konntest du das Geld von der Lebensversicherung einstreichen", erinnerte sie Wisskamp.

„Das hätte ich gekonnt, wenn du die Beiträge bezahlt hättest! Gottseidank bin ich nicht nachtragend, du Schweinehund! Lass uns gehen, Herbert, ich brauche bessere Gesellschaft!"

Dinkelfuss hatte sich gerade hochgerappelt und seine derangierte Erscheinung in Ordnung gebracht. Das Polohemd steckte wieder ordentlich in den Shorts und die Brille saß auf seiner Nase. Zur Sicherheit zog er noch einmal die weißen Tennissocken hoch und sah Wisskamp hochmütig an, bevor er sich bei Corinna einhakte.

„Ja, mein Engel!"

Guntram, der die Entwicklung staunend verfolgt hatte, kommandierte: „Jetzt aber Abfahrt! Und auf der Wache als erstes erkennungsdienstliche Behandlung zur Personenfeststellung!"

***

Um uns herum knallte es. John-Boy rief mit schriller Stimme: „Erna, die Russen kommen!" und machte Anstalten, sich in seiner Box einzugraben. Stuti sah ihn aus der Nachbarbox heraus irritiert an. Ich ihn von gegenüber auch. John-Boy war gestern erst in unsere Stallgasse gezogen und ich hatte mich immer noch nicht von diesem Schicksalsschlag erholt.

„Hier heißt keiner Erna. Ich verbitte mir derlei plumpe Anmachsprüche", erwiderte meine Boxennachbarin Else beleidigt.

John-Boy musterte sie interessiert. „Wie schade, dass wir nicht nebeneinander wohnen, Teuerste. Ich hätte noch ganz andere und viel schönere Namen für Sie, meine Dame. Oder darf ich Herzensdame sagen? Was macht eigentlich ein Rasseweib wie Sie in unserer unwürdigen kleinen Pferdeunterkunft?" John-Boy war ganz in seinem Element.

„So ein kultivierter Gentleman. Das ist doch mal ganz was anderes als ihr verfressenen und verblödeten Banausen." Else sah uns herablassend und John-Boy geschmeichelt an. Quasi zeitgleich. Das ist sicherlich dieses Multitasking, wovon man jetzt so viel hört.

Es knallte weiter. Ich zuckte zusammen und schloss die Augen. Natürlich nur, um besser nachdenken zu können, keineswegs aus Angst.

„Reg dich nicht auf, es ist nur ein Feuerwerk." Faxe war durch nichts zu erschüttern.

„Gar nicht wahr. Feuerwerk ist bunt am Himmel", erwiderte ich schwach.

„Ist es auch. Mach halt die Augen auf!"

Ich blinzelte. Am Himmel erschienen bunte Lichter.

„Hier ist alles schwarz. Mit Sternen", teilte Stuti mit.

„Hier sind Raketen. Sie sehen aus wie große, bunte Blumen", flötete Else.

„Hier knallt es nur. Vielleicht fällt uns jetzt der Himmel auf den Kopf!" Stuti sah nach oben.

Da Stutis und John-Boys Boxenpaddocks nach Osten gingen und nicht nach Westen wie unsere und der nächtliche Himmel über Meisenwald durch den First des Stalldaches verdeckt wurde, konnten nur wir das Feuerwerk sehen. Ich war beeindruckt, wie schnell ich das herausgefunden hatte. Wir großen Detektive machen das zack! Einfach so.

„Keine Angst, meine Liebe. Das ist nur der große Wagen, der tut nichts", tönte John-Boy sonor.

„Meinen Sie einen LKW?" Stuti sah sich suchend um.

„Nein, das Sternbild da oben. Die Muster, die die Sterne bilden, nennt man Sternbilder. Diese sieben Sterne dort bilden das Sternbild des großen Wagens. Kommen Sie doch etwas näher, dann kann ich es besser erklären." Zwinker, zwinker.

„Was Sie alles wissen!", himmelte Stuti den alten Schwerenöter an. „Und was für eine weltmännische Ausstrahlung Sie haben!"

„Stuti, hör sofort auf damit!", ordnete ich an.

„Womit?"

„Dich so an John-Boy ranzuschmeißen. Der ist viel zu alt für dich!"

„Ich tue das, was mir passt. Zeigen Sie mir noch mehr Sterne?", wandte sie sich an John-Boy.

Ich sah auch Sterne. Vor Wut und weil mehr und mehr Raketen den nächtlichen Himmel erhellten. Wir waren mittlerweile alle auf unseren Boxenpaddocks. Ich hoffte inständig, dass wenigstens John-Boy der Himmel auf den Kopf fiel.

„Zitterst du?" Faxe war neben mich getreten.

„Das ist nur die Anspannung der Verbrecherjagd", brachte ich mit bebenden Kiefern hervor.

„Meinst du, der Mörder ist auf dem Feuerwehrfest?"

„Natürlich ist er das. Alle sind auf dem Feuerwehrfest!"

„Wer hatte es denn am meisten auf Dr. Schönholz abgesehen, was meinst du?"

„Die Besitzer der Pferde, die wegen ihm noch kränker geworden sind. Menschen nehmen das extrem persönlich. Oder die Leute, denen er auf andere Art geschadet hat."

„Das sind auch jede Menge."

„Zum Beispiel die Besitzerin von Piccolina, die wegen ihm halbblind geworden ist. Und die von Sunset, die wegen ihm eingeschläfert werden musste. Und die von Lukas, der an Tetanus gestorben ist", zählte ich auf. „Und Kiki, aber das mit dem Kleinen Onkel und seinen Erstickungsanfällen ist schon lange her und deshalb wahrscheinlich kein ausreichendes Motiv."

„Du hast all diejenigen vergessen, die Pferde mit gefälschten Ankaufsuntersuchungen gekauft haben", ergänzte Faxe. „Die sind zwar wahrscheinlich emotional nicht so betroffen, weil die Pferde ja klinisch gesund waren. Über die prognostische Bedeutung von Röntgenbildern kann man ja eigentlich nur spekulieren. Aber diese Leute haben viel Geld für Pferde mit einem Top-Röntgen-TÜV bezahlt, was sie sonst wahrscheinlich nicht getan hätten."

Manchmal geht mir Faxe mit seinem pseudowissenschaftlichen Quatsch echt auf die Nerven. „Aber die sind auf van de Velde sauer, weil der als Verkäufer die ganze Kohle eingesackt hat. Klar, oder?" Ich fand meine Logik großartig und brachte als nächstes Tine ins Rennen. „Aber die ist so lieb, die können wir eigentlich weglassen", überlegte ich weiter.

„Oooooh. Aaaah!", machten wir, als ein paar besonders farbenprächtige Feuerwerkskörper explodierten. Von der gegenüberliegenden Seite des Stalls hörten wir, wie John-Boy Stuti die Schönheiten des nächtlichen Sternenhimmels erklärte. Ich verdrehte die Augen.

„Und was ist mit ihrem Onkel? Der hat sich ganz schön mit Schönholz gezofft", dachte Faxe laut nach.

„Tine hat einen Onkel?" Das war mir neu.

Jemand stupste gegen meinen Bauch. Ich sah nach unten. Der furchtbare Blacky war wieder da.

„Hat man denn nie Ruhe vor der kleinen Nervensäge?", beklagte ich mich.

„Warte mal eben", sagte Faxe. Nach wie vor war er der einzige, der Blackys unsäglichen Dialekt verstand. Er und Bella, korrigierte ich mich, als ein zweiter kleiner Schatten neben mir auftauchte.

„Wie bist du aus deiner Box rausgekommen?", fragte ich.

„War gar nicht drin", lachte sie.

Im Widerschein der Raketen wechselte ihr entzückend glänzendes Fell die Farbe von blau nach rot. Bei Blacky glänzte nichts. Der widerborstige kleine Schimmel hatte mehrere erfrischende Schlammbäder genommen und war ein wandelnder Dreckklumpen. Ich war neidisch.

Bella war meinem Blick gefolgt und hauchte: „Er hat sich getarnt. Er ist ja soooo klug!"

Ich seufzte. Mehr gab es dazu nicht zu sagen.

Bella reagierte genauso empathisch, wie man das gemeinhin von einem Mini-Shetty erwartet. „Bist du etwa erkältet? Steck mich bloß nicht an." Sie verschwand hinter Blacky, der augenscheinlich gerade von meinem wackeren Gehilfen vernommen wurde.

„Blacky sagt, Tines Onkel war am Montag hier, und zwar nicht zum ersten Mal", dolmetschte Faxe. „Blacky ist nämlich seiner ehrenamtlichen Tätigkeit als Zauntester nachgegangen und hat geprüft, ob die Zäune überall Shetty-sicher sind. Das waren sie natürlich nicht, sonst könnte Blacky ja nicht kommen und gehen, wie es ihm gefällt."

Blacky lachte meckernd.

Bella sah ihn bewundernd an.

„Tines Onkel hat sich wieder mit dem Tierarzt gestritten. Dann hat er ihn geschubst, woraufhin der Tierarzt umgefallen ist. Der Onkel hat ihn dann ins Auto gezerrt. Musste sich ganz schön anstrengen, der alte Mann. Als Nächstes hat Blacky Hunger bekommen und ist wieder zurück auf die Weide gelaufen."

„Na also, der Fall ist gelöst! Tines Onkel hat Dr. Schönholz aus niederen Beweggründen getötet. Oder tödlich verletzt, das kommt aufs selbe raus", erklärte ich meinem Publikum in wohlgesetzten Worten. „Sherlock Holmes ist ein Nichts gegen mich!"

Nur schade, dass Stuti meinen Erfolg nicht miterleben konnte, weil John-Boy ihr immer noch Dinge ins Ohr flüsterte, die mit Sicherheit nicht jugendfrei waren.

Else sah mich nachdenklich an.

In Gedanken probte ich meinen Text. „Mein Name ist Dirksen. Pfridolin Dirksen." Nein, das geht gar nicht. Ein Künstlername muss her. *„Mein Name ist Pferd. Pfridolin Pferd."* Na bitte, das hört sich doch gleich wesentlich cooler an.

Ich lächelte.

Else guckte nur.

„Gestatten: Pferd. Pfridolin Pferd", machte ich mich weltmännisch an sie heran.

Faxe und Blacky kicherten.

Bellas Gesichtsausdruck konnte ich nicht deuten.

Else betrachtete mich, als sähe sie mich zum ersten Mal. „Du hast eine süße Frisur", war alles, was sie herausbrachte.

Dann war das Feuerwerk vorbei und alles dunkel.

Else ging zurück in ihre Box und schenkte mir noch einen letzten, rätselhaften Blick.

Und jetzt weiß ich auch nicht, ob wir wieder zusammen sind oder nicht.

17. Kapitel, in dem Guntram noch ein Selbstgespräch führt und ich ein wachsames Auge auf die Frau habe

Am nächsten Abend saß Guntram wieder unter der alten Kastanie auf dem Petershof. Die Sitzgruppe um ihn herum war bis auf Dana verwaist. Auf dem benachbarten Reitplatz drehten Pferde und Reiter ihre Runden. Gelegentlich drang ein lautes „Gut so!" von Felix in das schattige Idyll. Zu seinen Füßen lag Dana im Gras. Sie war schon geritten und hatte die Reithose hochgekrempelt, um ihre nicht mehr ganz so bleichen Reiterbeine weiter zu bräunen.

„Schön ist das hier", sagte Guntram und zerklatschte verträumt eine Bremse, die sich auf ihm niedergelassen hatte.

„Was ich dich immer schon mal fragen wollte…", begann er.

„Jaaa?" fragte Dana.

„Warum stinkt ihr Reiter eigentlich immer so?"

„Fliegen, Bremsen und Zecken", zählte Dana auf. „Und dann wieder Fliegen. Ohne Fliegenspray ist man hier verloren. Zum einen machen die Insekten die Pferde wahnsinnig, zum anderen wird man als Reiter ständig gestochen. Fliegenspray und Hausmittelchen helfen wenigstens ein bisschen. Zecken sitzen entgegen aller Behauptungen auch nicht in den Bäumen, um auf Menschen und Pferde draufzuspringen, sondern zum Beispiel im Gras, weshalb es gut ist, sich selbst gleich mit einzusprühen."

„Ah", machte Guntram und legte seine Füße sicherheitshalber auf einen Stuhl. „Was machen Felix und Melanie eigentlich da drüben?"

„Felix gibt Melanie auf Peppy Unterricht."

„Dieses Westernreiten sieht ja sehr cool aus. So locker und lässig. Nicht so steif und gezwungen wie Dressurreiten", fand Guntram.

„Stimmt. Und die Ausrüstung ist einfach todschick."

„Warum machst du das nicht auch?"

„Wenn man es richtigmachen will, ist es unglaublich schwierig. Das gilt aber leider auch für das klassische Reiten, das Kiki unterrichtet. Da soll man auch möglichst locker und mit unsichtbaren Hilfen unterwegs sein."

„Was ist also der wirkliche Grund?"

„Der Sattel", gab Dana zu. „Diese Westernsättel sehen so unglaublich bequem aus und sind es aber gar nicht. Jedenfalls für mich nicht. Westernreiten ist eine Arbeitsreitweise, deshalb vermute ich mal, dass die Sättel für Männer konstruiert wurden. Ich komme damit jedenfalls nicht klar."

„Eine Arbeitsreitweise? Ah, deshalb auch dieses einhändige Reiten! Damit man immer eine Hand frei hat. Da ist es wahrscheinlich wichtig, dass man sich nicht groß um das Pferd kümmern muss und es bequem hat."

„Ich schätze auch. Der Pfridolin hat ja diese schwungvollen Sportpferdegänge, der wäre fürs Westernreiten zum Beispiel gar nicht geeignet."

„Man braucht also ein bequemes Pferd dafür", schlussfolgerte Guntram und tötete eine weitere Bremse. „Kann ich vielleicht auch mal dieses Fliegenspray benutzen?"

Dana gab ihm die Sprühflasche. „Aber Vorsicht", warnte sie. „Der Geruch geht auch beim Duschen nicht ab."

„Ich hatte es befürchtet", nickte Guntram und besprühte sich ausgiebig. „Dann ist Peppy also ein bequemes Pferd?"

„Definitiv. Die meisten Quarter Horses sind das. Außerdem viele Haflinger. Oh, und P.R.E.s natürlich. Die würde ich aber nicht westernreiten."

„Was um alles in der Welt sind P.R.E.s?"

„Spanische Pferde. P.R.E. steht für Pura Raza Espanola. Companero ist so einer. Die sind einfach todschick!"

„Und warum nicht westerngeeignet?"

„Die spanischen Pferde haben von Natur aus eine Bergauftendenz. Der Hals ist hoch angesetzt. Beim Westernreiten soll das Pferd seinen Kopf aber tief tragen, und zwar in jeder Lebenslage. Das passt also nicht zusammen. Aber toooodschick sind die. Hach, so ein schwarzer Spanier, der würde mir noch fehlen!"

Guntram, dem all das ein Buch mit sieben Siegeln war, erkannte instinktiv, dass es günstig für ihn wäre, jetzt Verständnis zu heucheln, was er so lange tat, bis Dana Herzchen in den Pupillen hatte und Felix und Melanie zu ihnen kamen.

„Na, fertig geritten?", begrüßte er sie. „Als Dank für eure Mithilfe schulde ich euch noch mehrere Erklärungen. Aus Datenschutzgründen findet das wieder in Form eines Selbstgesprächs statt."

Felix und Melanie machten es sich bequem und warteten.

Dana wollte eine Bremse treffen, schlug daneben und sagte böse: „Dieses schöne Wetter macht mich noch ganz fertig. Wann regnet es endlich wieder?"

„Übermorgen", wusste Felix. „Das sagt jedenfalls der Wetterbericht."

„Wie doof."

Ob sich das auf den angekündigten Regen bezog oder auf die Tatsache, dass der erst für übermorgen angekündigt war, sollten die anderen nie erfahren, denn Guntram legte endlich los.

„Peter Wisskamp hat alles zugegeben. Das ist übrigens sein richtiger Name. Er und Friedhelm Brösmann waren in ihrer Jugend Berufsverbrecher, die sich in Köln mit kleineren oder auch größeren Gaunereien über Wasser gehalten haben, bis Wisskamp sich abgesetzt und eine neue Identität als Georg Schlosser angenommen hatte. Das geschah allerdings nicht ganz freiwillig, denn meine Vorgänger bei der Polizei waren ihm auf den Fersen. Er hatte ein ordentliches finanzielles Polster und sich in Corinna Bensemann, damals noch Terheyen, verliebt. Übrigens eine erstaunliche Persönlichkeit! Sie hat ihn solange nicht in Ruhe gelassen, bis er alles gestanden und unterschrieben hatte. Ihre größte Sorge war die, ob denn die Ehe mit Schlosser alias Wisskamp rechtskräftig beendet sei. Schließlich wolle sie keine Bigamistin sein. Den verblichenen Gottfried Bensemann, Gott hab ihn selig, habe sie selbst zu Grabe getragen, da wäre sie ganz sicher. Aber diese vermaledeite Ehe oder Nichtehe mit Pieta alias Georg würde ihr doch Kopfzerbrechen bereiten. Anscheinend hat sie mit deinem Kollegen Dinkelfuss große Pläne." Er nickte Dana zu, die große Augen machte.

„Brösmann hingegen hat Gott gefunden. Oder der ihn, das wurde nicht ganz klar. Er hat sich von allen bösen Taten losgesagt und will nur noch Gutes tun, vor allem aber die Sünder bekehren und auf den Pfad der Tugend zurückführen. Und bevor du fragst, Dana: Die Straftaten von damals sind längst verjährt. Die beiden Freunde hatten sich während der Zeit, in der Wisskamp die Identität von Schlosser angenommen hatte, aus den Augen verloren. Als Georg Schlosser wollte er noch einen letzten großen Coup starten und sich dann absetzen. Der Aufbruch erfolgte dann aber reichlich überstürzt, weil die Polizei auch dieses Mal Wind von der Sache bekommen hatte. Wisskamp hat noch schnell das Ableben von Georg Schlosser inszeniert, damit Corinna ihm nicht nachspioniert." Mit einem Augenzwinkern setzte er hinzu: „Außerdem wollte er natürlich die Beute nicht teilen. Tja, und dann war er in Buenos Aires. Mit den Taschen voller Geld und einem wachen Verstand. Mit anderen Worten: er langweilte sich. Also erfand er sich neu. Pieta Wisskamp, der Ingenieur, wurde geboren. Und das ist der Teil, den ich wirklich faszinierend finde: Er hat wirklich als Ingenieur gearbeitet und sich alles selbst beigebracht. Learning by Doing in Perfektion. Er ist tatsächlich der klassische Selfmade-Mann, der sehr schnell lernt und dabei unglaublich geschickt ist. Zumindest war er das früher. Wir mussten ihn aus der Haft entlassen und in ein Krankenhaus verlegen, weil er schwer krank ist und wahrscheinlich nicht mehr lange leben wird."

Guntram machte eine kurze Pause, um eine verirrte Bremse zu erschlagen. „Er ist nach Deutschland zurückgekommen, weil er nach dem Tod seiner Frau, ganz platt gesagt, nichts mehr mit sich anzufangen wusste. In Deutschland leben sein Freund und der Rest seiner Familie – ihr habt seine Schwester ja auf dem Feuerwehrfest erlebt."

„Puh. Freunde kann man sich aussuchen, Familie nicht", murmelte Felix. Dana und Melanie erinnerten sich an die zornige Frau mit der lauten Stimme und erschauerten.

„Ich verstehe es ja auch nicht, aber Wisskamp hatte Sehnsucht nach ihr", nahm Guntram sein sogenanntes Selbstgespräch wieder auf. „Muss wohl an der großen Entfernung gelegen haben, dass er nostalgische Gefühle entwickelte. Und dann gibt es ja noch Friedhelm Brösmann, seinen alten Kumpel. Nach einigen Jahren in der Fremde hatte Wisskamp anscheinend heftiges Heimweh und machte Brösmann ausfindig. Seitdem hatten die beiden regelmäßig Kontakt. Praktischerweise wohnt Wisskamps Schwester nebst Ehegatte und Tochter – dazu komme ich gleich – in Diepenrode, was nicht allzu weit von Meisenwald, Brösmanns Wohnort, entfernt ist. Jedenfalls, wenn man die Entfernungen in Südamerika und sonstwo gewohnt ist. Wisskamps Schwester Hilde ist mit Eberhard Schubert verheiratet. Sie haben eine Tochter namens Christine. Ihr kennt sie wahrscheinlich besser unter dem Namen Tine."

„Tine Schubert? Die Pferdephysiotherapeutin? Die ist Bröskamps Nichte?"

„Jepp", nickte Guntram. „Sie ist seine Nichte, sein Augenstern, sein Ein und Alles. Tine hatte sich nun wiederholt bei ihrem Onkel darüber ausgeweint, dass ihr der betrügerische Tierarzt Schönholz das Leben zur Hölle macht und den geliebten Pferden Schaden zufügt. Von Dolores Degenhardt und ihren seltsamen Behandlungsmethoden hielt sie auch nichts."

„Eigentlich heißt sie Doris", mischte sich Dana ein, die zeigen wollte, dass sie mitermittelt hatte.

„Ich weiß gar nicht, was für sie schlimmer war – dass den Pferden nicht geholfen wurde oder dass sie selbst kurz vor der Pleite stand", fuhr Guntram fort.

„Das mit den Pferden, glaube ich", sagte Melanie. „Ich habe Tine als einen sehr ehrlichen, tierlieben Menschen erlebt."

„Man kann den Leuten ja immer nur vor den Kopf gucken. Ich hätte von Wisskamp auch nicht gedacht, dass er ein Mörder ist!", meinte Dana.

„Das ist er eigentlich auch nicht. Hochstapeleien und Eigentumsdelikte ja, aber brutale Gewalt war noch nie seins. Und selbst die von ihm gebauten Brücken undsoweiter haben ja funktioniert und stehen bis heute. Er sagt, es wäre ein Unfall gewesen, und ich neige dazu, ihm zu glauben."

„Was man halt so sagt, wenn man sich rausreden will." Dana zog die Augenbrauen hoch. Sie ärgerte sich immer noch, dass sie auf Wisskamp hereingefallen war.

„Wie ist es denn nun passiert?", wollte Felix wissen.

„Wisskamp hatte sich schon verschiedentlich mit Schönholz angelegt, weil der seiner Nichte geschadet hätte. Dana hat das ja sogar gefilmt. Das hat Schönholz aber anscheinend nie sonderlich beeindruckt. Eines Morgens ging Wisskamp spazieren und kam ganz zufällig hier vorbei."

„Soso, zufällig. Er setzt sich ins Auto, fährt eine halbe Stunde und ist dann zufällig hier." Dana war entschlossen, nichts mehr von dem zu glauben, was Wisskamp jemals gesagt hatte.

„Er hat das jedenfalls so ausgesagt." Guntram bemühte sich um Objektivität. „Er wollte Brösmann besuchen und hat das mit einem Spaziergang verbunden. Es ist eine schöne Strecke, und er hat den Weg anscheinend regelmäßig genommen. Und plötzlich stand Schönholz vor ihm. Was er denn von ihm wolle. Ob er ihn beobachte. Wisskamp solle ihn gefälligst in Ruhe lassen. Ein Wort gab das andere. Schönholz drohte Wisskamp, er werde ihn zerquetschen wie eine Laus. Da ist Wisskamp ausgerastet und auf ihn losgegangen. Schönholz fiel um und schlug mit dem Kopf so gegen die Findlinge der Parkplatzbegrenzung, dass er sofort tot war. Wisskamp bekam Panik und wollte die Spuren beseitigen. Also zerrte er die Leiche mit viel Mühe ins Auto, wo er sie auf den Fahrersitz platzierte. Die Tierarzt-Tasche, die neben dem Auto stand, stellte er auf den Beifahrersitz. Zum Schluss wischte er noch alle Stellen ab, die er berührt hatte – gelernt ist schließlich gelernt. Unter uns: Das Auto war übersät von Fingerabdrücken und DNA-Spuren. Wir wären Wisskamp nie auf die Spur gekommen, wenn er nicht gestanden hätte! Es war noch früh, keiner hatte ihn gesehen. Er setzte seinen Spaziergang einfach fort und war wieder verschwunden."

„Ja aber", meinte Dana nach kurzem Nachdenken. „Was ist denn mit van de Velde und den Betrügereien beim Pferdeverkauf?"

„Das ist interessanterweise tatsächlich ein zweiter Fall. Von den gefälschten Ankaufsuntersuchungen haben drei Personen profitiert: Der tote Dr. Schönholz, der dafür bezahlt wurde. Außerdem van de Velde, der dank Schönholz einen höheren Kaufpreis einstreichen konnte. Und zuletzt …" Er machte eine kurze Pause, um die Spannung zu erhöhen.

„Ja wer denn nun?", fragte Melanie.

„Meine liebe Kollegin Xenia!", rief Dana, der es allmählich dämmerte.

„Ganz genau." Guntram fühlte sich um seine Pointe betrogen. „Xenia Lange bekam pro vermitteltem Pferd eine Provision von zehn Prozent des Kaufpreises. Deshalb entwickelte sie schnell das Bedürfnis, die Kaufpreise für van de Veldes Friesen in die Höhe zu treiben. Schönholz half ihr dabei."

„Warum?", erkundigte sich Felix.

„Zum einen war der sogenannte Doktor pleite und brauchte das Geld, zum anderen hatte sie ihn in der Hand. Ähnlich wie Tine Schubert wusste sie, dass Schönholz ein Kurpfuscher und Betrüger war, hat das aber zu ihrem Vorteil genutzt und ihn mit ihrem Wissen erpresst. Van de Velde hatte ihr vollkommen freie Hand gelassen, weshalb wir auch keine Unterlagen über die Pferdeverkäufe bei ihm finden konnten. Die lagen nämlich bei Xenia. Und zwar nicht zuhause, sondern in ihrem Büro!" Er sah sich triumphierend um.

„Ich glaub's nicht! So eine ausgekochte Verbrecherin! Kein Wunder, dass sie mich beim Feuerwehrfest nicht mehr kennen wollte."

„Ja, wir haben zwischendurch bei ihr eine Durchsuchung durchgeführt, die für massiv schlechte Laune gesorgt hat", schmunzelte Guntram. „Sie hat alles fein säuberlich aufbewahrt, inklusive einer Aufstellung der Beträge, die Schönholz kassiert hat. Van de Velde muss sich jetzt mit den Käufern einigen und einen Teil der Kaufpreise erstatten, schätze ich. Das Geld wird er sich wohl von Frau Lange zurückholen."

„Ohne Worte", fand Dana.

Guntram sah auf die Uhr. „So spät schon! Dann muss ich aber schnell los. Meine Reitlehrerin wartet sicher schon auf mich."

„Zu Anfängern ist sie meistens nett. Gegen deinen Muskelkater morgen hilft Ausmisten am besten. Du weißt ja, wo du mich findest", grinste Dana. „Und deinen neuen besten Freund, die Mistkarre, auch!"

Das Leben ist schön und ausmisten das, was ich immer schon tun wollte. Jedenfalls, solange Dana danebensteht. Guntram schwebte auf rosaroten Wolken davon.

***

Die restliche Nacht war furchtbar gewesen. Else hatte ihre Liebe zu mir wiederentdeckt und mich gezwungen, ihr die ganze Nacht den Widerrist zu beknabbern. Ich hatte schon gar kein Gefühl mehr in den Lippen, als es endlich auf die Weide ging und ich ihrer Nähe entkommen konnte.

Jetzt stand ich auf meinem Boxenpaddock und beobachtete die Frau, um sicherzugehen, dass sie ohne mich keinen Blödsinn macht. Außerdem bekommt sie dann immer ein schlechtes Gewissen, weil sie denkt, sie hätte etwas vergessen. Im Zweifel, mich zu füttern.

„Kriegst du keine Angst, wenn du sie so reden hörst?" Faxe war neben mich getreten. Else war zum Glück mit dem dudelsackspielenden Björn im Gelände unterwegs.

„Ach was. Genauso hat sie doch vom Westernreiten geschwärmt. Und du siehst ja, was daraus geworden ist." Ich räkelte mich faul. Es war ein gutes Gefühl, schlauer und schneller als die Polizei zu sein. Außerdem kraulte die Frau mir den Widerrist und nicht Guntram, was ich als zusätzliches Plus empfand. Guntram guckte nämlich so, als wäre er sehr daran interessiert. *Ätsch bätsch, sie mag mich lieber als dich!*

„Und wenn sie tatsächlich so ein spanisches Wundertier kauft?"

„Dann muss ich sie weniger schleppen. Das neue Pferd wird dann mein Haustier und muss alles tun, was ich sage."

„Die Hoffnung stirbt zuletzt", sagte Faxe und streckte mir die Zunge heraus.

Danksagung

Vielen Dank an meine ganz wunderbaren und einzigartigen Fans! Ohne euch gäbe es das hier nicht. Danke, dass ihr so seid, wie ihr seid! Und danke an die tapferen Menschen und Tiere in meiner Umgebung. Ihr wisst schon, wen ich meine.

Und – last but not least – ein ganz besonderer Dank den Freunden im Blaulichtmilieu. Für sachkundige Beratung und Kekse.